Nice People

善女良男

石芳瑜——著

目錄

Contents

《善女良男》推薦詞

陳芳明　政治大學台灣文學研究所講座教授

這是台灣戰後政治發展史，也是台灣女性的成長史，更是整個民主運動的發展史。這是不一樣的故事，每位出場的人物，都是以第一人稱發言。作者石芳瑜掌握了關鍵年代的關鍵人物，以陳蕊爲中心，開展出一個時代的氛圍。那個戒嚴年代的男女交往，在風氣欲開未開之際，在開放與保守之間，不僅讓我們看見感情的流動，也可以窺見整個社會發展的走向。讀者似乎也被捲入時代的洪流，深深感受到全球化浪潮的力道。架構起台灣在幾個轉折階段的愛情故事，帶出了社會內部的族群議題、性別議題，甚至也牽動了台灣與美國的互動，涉及了台灣與中國的緊張關係。那樣錯綜複雜的歷史結構，卻在不同的愛情故事裡獲得了交代。石芳瑜做了勇敢而細膩的嘗試，整個敘述手法令人目不暇給，輕舟卻已過萬重山。

推薦序

一帖活色生香的時代寫真

楊翠　東華大學華文文學系副教授

在花蓮的山青水媚，我見證了石芳瑜長篇小說《善女良男》的誕生。那段時間，芳瑜每週奔忙於台北、花蓮之間，一日一月，故事就從行旅中生出來，然後肌骨茁長，血肉豐盈。

翻閱排好版的小說清樣，芳瑜最初向我講述這些故事時閃動的神采，似乎還在眼前。做爲所謂「指導老師」，《善女良男》中的每一個故事，我大半都是第一個讀者。從初稿開始，我參與了故事誕生的全過程，深切感受到芳瑜天生的說故事能力，有時似乎只是叨叨絮絮、雜雜沓沓，隨興敘說，卻彷彿貼在你耳邊說書，聽著聽著就入了迷。「指導」只是文件上的關係，事實上，我能成爲這部小說的第一讀者，很是喜樂，感謝芳瑜以心血豢養這些故事。

《善女良男》中的每一個故事都好看，關鍵是，小說裡的男男女女，無一不鮮活靈動，讀來彷彿舊時相識，如是鄰家男女，如是你我。

確實，《善女良男》的時空舞台，離我們這個世代很近，是我們生命年輪的一個深刻環節。小說以一九九〇年代的台灣爲核心舞台，時空座標依著故事主角陳蕊的生命史延展，時間線往前拉到一九七〇年代，往後延到二〇一〇年代，空間則以台北爲主場，擴及台灣中部、南部、美國、中國大陸。這是一部九〇年代肉身男女的生活實錄，也是一則時代寓言。小說以身體、愛情、婚姻、職場爲主軸線，穿插金錢遊戲、黑道、政治、傳媒、市民生活、流行文化，交織成一帖活色生香的時代寫眞。

《善女良男》的敘事結構，既有長篇小說的連續性軸線，亦有短篇小說集的獨立故事單元，可以一體連讀，也可以分開閱讀。小說以女主角陳蕊的生命故事爲主線，這部分主要採取線性敘事策略，然後穿插幾條男性角色的故事支線，包括陳蕊的國小同學、賣仿冒包的阿忠；少年混幫派、在唱片行打工、後來從事音樂創作的小黑；原籍湖北武漢、陳蕊的大學舊識、沉迷在感官歡愉中的S君。這些男性角色，拓展了小說的故事線圖，多軸線共時並存交織，既強化小說的可讀性，亦標記著複數的經驗，讓《善女良男》從個人記憶簿，成爲繁複的時代寫眞帖。

小說的核心時空，九〇年代的台灣，用一句話來形容，有如極致綻放的花朵，花瓣以最大的延伸線，外放張揚，展現出最飽滿、最繽紛、最芬芳的姿顏，那是一個無限可能的時代。彼時，戒嚴解除，黨禁報禁解除，往昔被抑制的聲音，從地底爆破而出，一切都現著陽光的亮麗色澤。

九〇年代的亮麗熱絡，既展現在經濟層面，也展現在身體層面。經濟上，一切似乎都在起飛，工作機會增多，很快可以安頓生活。那個年代的關鍵詞之一，就是變動與飛翔；我們覺得一切都有可能，所有的禁錮都在瓦解，所有我們想去的地方，都能到達，所有的夢想，都可以實現。

然而，九〇年代還有另一組關鍵詞，豪賭與揮霍。更多誘惑招手，更多道路在眼前竄動，虛實難辨，卻能吸引你頭燒耳熱，義無反顧走上去。正因如此，九〇年代，在盛放的花蕊深處，含藏著萎落的訊息，在芳美的氣味中，腐臭已暗自流動。

石芳瑜透過經濟圖景與金錢遊戲、愛情追索與肉慾橫流兩大主題，精準地寫出這種怒放與萎落、芳香與腐臭並存的時代氣味。

飛翔與揮霍的九〇年代，身體，既是飛翔的羽翼，也是揮霍的載體。《善女良男》中的男男女女，身體打開了，時而賁張飽滿，時而空洞虛無。過度張開的，總是難以充滿。

然而，九〇年代並非孤立的真空時間，這個時代的語境，無論是飛翔或揮霍，都有它的上下文，《善女良男》就寫出了這個歷史紋理。小說從二〇一四年寫起，開場的「廣場與暗巷」，以「幹」的雙義動詞，將時空接合到七〇年代，女主角的童年時期。在七〇年代，童女被強暴的暗巷體驗，充滿疼痛與創傷，最終以失憶的形式，烙印成爲永恆的身體印記，不時在陳蕊成長後的身體運動（特別是性愛）中浮現。而在二〇一四年，學生運動全城燃燒，「幹政府」既是人民意志的自由展現，也燒烙成爲一種時潮與世代標記。

一個動詞，兩種「幹」，多重意涵。小說開場，即揭露兩種「幹」之間的同義與岐義，從七〇年代的被動、被侵入、暗自吞忍，到二〇一四年的主動、抵抗、提出主張，通過整部小說的演繹，讓這兩重意義的「幹」，產生了連續性與辯證性。

從「暗巷」走出來的陳蕊，走進騷動的一九八〇年代、秩序繽紛的一九九〇年代，體驗了各種身體與情感經驗，包括幾次曖昧的同性情愛、幾場輕重不一的異性情慾，不斷在愛情與肉慾中失落自我，又不斷在其中追索、辨識自我。那個騷動的時代，良與不良，無法以傳統的、固定的、單一的標準來識別。陳蕊與那個時代的青年男女，他們與自己的關係，更彷彿一直處於追逐、錯開、矛盾、和解之間，自我，沒有一個終極的確定狀態，唯有用力活著，足以確認當下的存在。小說題爲《善女良男》，其善／良之義，就在於此。

如果僅僅書寫一個或一群在眞空中奔放情感、揮霍肉體的男女，尚不足以演繹善／良之義。石芳瑜在小說中頻繁插入一些歷史大敘事，這些標記時代的事件，讓行爲主體的情感流動與肉身運動，都有了鮮活的舞台與布景。

石芳瑜技巧地操演大／小敘事的關係，大敘事是時代景框，而主角陳蕊所親歷的生活細節，則是時代的血肉，是市民生活的實景。大敘事的事件都與陳蕊無關，然而通過它們，卻能精準地映襯出陳蕊等「善女良男」的生存姿態。簡單來說，石芳瑜是以擦邊球的策略，從側面勾勒時代景觀。

如「輕與重」中，台灣解嚴是大敘事，髮禁解除是小敘事，而陳蕊關切的卻是後者。五二〇農民運動、中國的六四天安門事件、台灣的野百合運動、解散萬年國會等等，在這一連串歷史變局中，擔任系學會會長的陳蕊，關切的是辦舞會、跑金馬影展、聽金韻獎民歌、到「太陽系MTV」看影碟，羨慕《大人物》雜誌創刊號上所刊載的校園十大美女，還有，進圖書館與做愛。

畢業後，陳蕊進入南京東路三段，彼時台北的華爾街工作，以廣告AE的身分，見證了一九九〇年代台灣如雲霄飛車般迅起迅落的經濟圖景。一九八九年六月，台股首次衝破萬點大關，在此前後，新興產業急速發展，KVT、PUB盛行，各種名牌仿冒品充斥市場，公關業、傳播業、資訊業、有限電視興起，各種金錢遊戲橫行，建築業空前興旺，高樓一棟棟竄起地平線。

石芳瑜筆下，城市生活現場色彩豐富，有層次，有反差。單以小說中著墨甚多的音樂來觀察，民歌、流行歌曲、創作歌曲運動歌曲、非主流地下樂團，陳淑樺、陳明章、李雙澤、「黑名單工作室」……，一一出現，每個喉嚨都想發聲，每個耳朵都有它的喜好。一片繁花麗景，如小說中所寫：

在股市萬點，薪水三個月後就調高的美好前景下，我們認為最好的時代就要來了。我們熱烈嚮往這繁華且帶了一點歡樂糜爛的新生活，……擁抱這繁榮的資本主義社會。

然而，全民很快就錯愕地迎來台股的狂跌。台灣史上最大的經濟犯罪，鴻源吸金案爆發，股市、房價慘跌，中共持續試射飛彈，李登輝成爲台灣第一位民選總統。而陳蕊步入婚姻。一切都在賭。賭，是這個時代的主旋律。這是《善女良男》最精彩的片段。

小說中，二〇〇〇年前後到二〇一〇年的時間線，以蒙太奇的手法流掠而過，快速拼貼到二〇一〇年代。陳蕊開設的「純眞咖啡館」，彷彿是一個時空瞭望站；舊識S，二〇〇五年曾接手中國大陸市場，在全球化語境中，回返台灣，接掌亞太區的新工作，他走進咖啡廳，想要延續他與陳蕊的舊緣，開展新感情；而新世代的自主聲音，也不斷在咖啡館周邊響起，大埔事件、華隆罷工案、華光社區迫遷案、318運動、323行政院事件，陳蕊都以局外人的視角看見了。

如是，從小說初章，陳蕊走出創傷暗巷，走進繽紛世界，展演自身故事，到小說終章，「好男好女」中，陳蕊從故事主角，蛻變成爲舊時代的說書人、新時代的見證者。陳蕊是作者，是你我，是從那個繽紛年代跋涉山水而來的老靈魂。

善女良男

一、廣場與暗巷

「幹恁娘，駛恁爸，政府按呢敢著？恁祖母袂爽啦，幹！」台上這兩個男女一搭一唱，男的叫「音地」，而幹聲連連卻是個嬌豔的美少女。她大概是叫喊得太久，嗓音格外粗啞，卻讓台下的男男女女更爲之瘋狂與振奮。

凌晨一點多了，陳蕊還站在立法院門口的這個小廣場上，這裡聚集著幾百個人，每個人看起來都很興奮。陳蕊也笑了，說不上興不興奮，但她肯定這一生中聽到的髒話，恐怕加起來沒有今晚多。

運動剛結束不久，大家又回到這裡了。有人說這是爲了消除「運動傷害」。陳蕊沒有什麼運動傷害。從頭到尾她都是個旁觀者，只因身邊的一些年輕人一下子衝進立法院，一下子又衝進行政院，她因爲關心而捲了進來。說是和這些年輕人站在一起也對，但又對今天爲何會站在這裡感到一點茫然。她的女兒還在家裡睡著呢。早些年台灣不是好好的嗎？她彷彿睡了一場很長的覺，醒過來，走到社會上，好像什麼都不對勁了。過去她看事情的那套不管用了，年輕人對社會充滿了怒氣和失望。

這段時間裡，立法院前的人群始終沒有散去，來到這裡的人都不會感到寂寞，過往多少的不堪與傷害，純眞或熱情，都在馬路、廣場以及小巷裡川流不息。少女的連連幹聲讓那些社會不平顯得滑稽、柔軟了起來，變得有點不痛不癢，於是許多人笑了，或許這可以稍微消除怒氣與「運動傷害」。

陳蕊離開了廣場，穿過幾條仍喧嘩的街，拐進了一條暗巷。一隻小貓躲在牆邊，見陳蕊走近，慌張地跑開，一下子就失去的蹤影。少女沙啞的幹聲猶在她耳邊盤旋，方才那一聲聲的嘶吼，還有小貓驚慌的眼神，突然讓陳蕊閃過一段暗巷的記憶，那如針刺的陳年傷痛一瞬間像雞皮疙瘩一樣，浮上了記憶的表層。

那是在她剛升上小二的那一年。

砂石地、男性軟綿的陽具、暗巷裡腥熱的空氣，以及不停奔跑的小女孩，曾在她的夢境裡盤旋多年。

彼時太陽剛剛落下，天邊猶有幾道似血的晚霞，天很快就要暗了，而她呆呆地站在同學家的樓下，望著公寓的二樓，用細小、童稚的聲音叫喊著同學的名字，但聲音顯然抵不過同學家陽台廚房裡傳來的炒菜聲。她試了好幾次，就快要放棄了，突然有一個高中年紀的男生將濕熱的手掌放在她的肩膀上。

「小妹妹，你知不知道小花的家在哪裡？」背對著光，他的臉非常模糊。她很想幫忙，可是實在想不起來小花是誰。

「這樣啊，我看妳從隔壁巷子過來，應該會認識才對。她和妳一樣讀小學喔，我是她大哥的同學，這樣吧，我帶妳走過去，形容清楚一點，妳也許就會想起來，幫我指認一下，我能確定是哪一家，不會敲錯門就行了。」

男孩帶著她走入公寓後方的暗巷，他一手便抱起她，要她指認時，卻突然把另一隻手伸進她的內褲。

「別這樣啊，我會痛！」……

等小女孩弄清楚這個大哥哥騙她時，卻已經什麼都來不及了。

接下來她只能躺在滿是沙子的水泥地上哭，一邊哭，一邊發抖。腦子裡一半是空白，一半仍想著學校的作業還沒寫完怎麼辦？於是，將近四十年過去了，陳蕊始終記得那天學校裡音樂課教的是〈愚公移山〉。而她回家的國語作業只寫了幾行生字。

躺在冰涼的水泥地上，時間變得漫長，那天的記憶日後變成斷裂的定格。躺臥時她還想起了更小的時候在大龍峒，在那不見光的長廊房子裡，一端是煙霧繚繞的澡堂，中間天井處隔成一間間的小房，許多如吉普賽人的外地人來此租屋，更換不停的鄰居裡，有長輩要她褪下內褲，便給她一塊銅板買糖。也有讀國中的哥哥將她帶往閣樓撫摸親吻。彼時她模模糊糊，總還帶著一點不知是溫暖還是陰暗的回憶。如今這些回憶裡不堪的感覺突然長出了利齒，咬向她的下體。

現在她還能站在這裡，是因爲在那一刻她突然感到內急。

「我想尿尿，你可以讓我去一下嗎？」

時間不知過了多久，大男孩好像氣餒了，終於抽起了他軟軟的陽具，慢慢站了起來。她怯怯地蹲到暗巷的一旁。突然間，她發現他轉過身子，眼睛朝向另一方，慢慢拿出香菸正準備點上，就那麼短短的一瞬間，她知道自己該怎麼做了。她拔腿就跑，腿側還滴著血，拚命在暗巷裡狂奔。

大概是小小的身體一鑽就不見了，或者是夾縫小巷實在太暗了？又或者是他終於累了？總之就在那一剎那間，他沒有跟上來，一把抓住她。

爾後陳蕊有好幾年，只要一生病發燒，腦子裡就會出現幻影；夜裡她常做著在黑暗巷內奔跑的夢，然後，一個轉身撲過來的黑影猛力地抓住她的肩膀。或者是一個飄浮在空中的半身黑影，眼睛是兩個大大的窟窿，五官模糊，感覺就像是教室後面的懸掛的照片，靜靜地對著她露出冷冷的笑，而她總在那樣的驚嚇中醒來。她的母親帶她去恩主公那裡收驚，吃了幾次的香灰，腦裡的黑影才慢慢消退。

對一個七歲的小女孩而言，那是一段太痛苦的回憶了，不知道是不是香灰的因素，她後來完全記不得那個男生的容貌。

痛苦會讓人失憶，這是她長大後才知道的事。

事發的幾天後，陳蕊有一次看到隔壁巷子一個體型相似的高中男生瞪了她一眼，她像瞬間結冰一樣嚇得無法動彈。於是陳蕊有很長的一段時間根本不敢直視高中男生，不過她卻記得那天那個大大的陽具始終是軟的，它並沒有進入她小小的身體。性器官在興奮時會勃起，這是在多年之後，當她開始跟男生交往後，才知道的事。

所以，是這個原因，那個無能的男生才會壓在她身上，用手指不斷抽刺，強暴她這樣一個什麼都不懂、尚未發育的七歲女孩嗎？

小學的頭幾年，陳蕊的身體像是被人釘綁在暗巷裡的那塊砂石地上，始終長得很慢，黑血在她身體裡緩慢地流著。突然有一天，她發現乳房的中央長了硬塊，她不知道那是乳腺，以爲是得了乳癌。她時不時按壓自己的小小乳房，越按個子卻越長越高。突然有一天醒來，黑血從她的下體流出，她嚇得大叫。這才知道那叫月經。

月經來的那一年，陳蕊才小五。她依舊非常討厭男生，固然班上有男生會裝奇怪的女生聲音約她出去，有人會在她的抽屜裡放上牛奶糖或是橡皮擦。還有一個住在她家後門成績很不好的「小流氓」，晚上會抱著吉他，對著她房間的窗戶唱著五音不全的歌。但她除了厭煩，始終沒有任何有趣或甜蜜的感覺。

陳蕊直到上大學之前，都把性當成一件骯髒的事。當然在她們那個七、八〇年代，這樣想的女生很正常，教育告訴她們，性是一件隱晦不潔的事。但事實上，是記憶告訴她這樣。因它在佈滿塵土的地上以及邪惡的謊言和傷害中進行。

陳蕊是在高中才開始和男孩子談戀愛。在那個時代說起來仍算是早的。但為難的是她總是不知道吸引男生這件事到底是好是壞？陳蕊覺得如果這是好事，那她就不會被男生壓在那個暗巷裡。她一直壓抑著自己，可惜越是壓抑，事情卻沒有往好的方向。整個中學時代，她除了面對苦悶的升學壓力，最常遇到的是變態。上學的公車上，擠得動彈不得時，總會遇到偷翻女生裙子或貼在女生背後呼氣的色狼；和同學走在路上時，會遇到穿著大衣，眼神恍惚，翻開大衣之後什麼也沒穿的變態。有次，她攀爬站在三樓邊間教室的走廊上擦窗子，低頭往外一看，居然有個工人對著她露出下體自慰。

日後，陳蕊總懷疑這些人是時代壓力鍋裡烹煮出來的虛軟怪物。小學時，同學們的課桌上畫著一道楚河漢界，男女不可跨越；中學時，女孩留著過短的西瓜皮短髮，男生留著接近和尚的三分頭，女生的裙子只要短過膝蓋就會被教官叫到訓導處罰站。那樣的日子實在太壓抑也太苦悶了。同時也因爲這些變態在陳蕊上大學之後，越來越少了。所有巨大且無所不在的變態和色狼，在日子變得開放自由之後，像是外星人集體撤離地球一樣，突然離開她的世界。偶爾遇到的，大多是瘦瘦弱弱，非常邊緣人的形象，陳蕊才會懷疑那些在她青少女時代無所不在的怪物，大概是集體扭曲所幻化出來的。

不過彼時她不曾懷疑是時代的問題，而覺得是自己的問題。是自己身上某些氣味所招惹嗎？有時她會試圖去聞聞看自己身上的味道。燥熱時，腋下和胯下總會傳來氣味，她怪罪自己，也討厭男生。

對她來說，整個七〇年代，除了開頭的那幾年，剩下的都是黑暗的。所有的事物都陰暗不明，噤聲與壓抑。

而接下來時代總是忽明忽暗，在廣場或者暗巷，在純情的公車站牌、在燈紅酒綠的大街，伴隨著各式各樣的氣味而來。

二、百合・祭

陳蕊

高二之前，我一直都喜歡女生。

而今，我閉上眼睛，依舊記得娟的睫毛幅度，以及菁比別人短一點的裙子在風中微微飄起的樣子。

因為讀女校，整個中學六年，我的眼睛裡看到的只有女生，喜歡的也只有女生。多年之後，當我讀到曹麗娟《童女之舞》筆下的鍾沅，便想起自己人生中遇過的兩個「鍾沅」，一個在國中，一個在高中，都發生在我剛進學校的時候。共同點是她們都長得比我高一些，跳起來時候，又比別人更高一些。她們都有著「像蹄子一樣的長腿」，有一個總是在籃球場上奔馳跳躍，另一個則帶著我跳進垃圾場翹課。

升上國中那年，所有的男生都理了三分平頭，女生都剪了耳上一公分學生頭。未脫稚氣的嬰兒肥圓臉，配上半頂西瓜皮，唉，那模樣就是個小瓜呆。能力分班時，又把我們這群小瓜呆分成A段班、普通班。我和娟一起分進某個A段班。第一堂課時，我就注意到娟了。她的臉不像我那麼圓，頭髮剪得比我還短，深邃的眼睛和濃密的睫毛配在她古銅色的皮膚上，看上去很像少女漫畫裡的小男生。

也許是上課偷看她太久了，第一堂下課，她就走過來和我說話。「我叫張逸娟，妳叫什麼名字？」她一出聲音就嚇了我一跳，那是像還未變聲的小男生一樣的低沉嗓音。

我報了自己的名字，臉便紅了起來，頭低低的，視線正好對著娟的胸部。因為才國一，很多同學的胸部都還是平的，娟也是，雖然她比我高。我因為小學就來月經了，但直到上了國中才偷偷穿上有背扣的內衣。

由於讀的是A段班，所以我們每天從早自習就開始考試。下了課，有時我哪裡也不去，就坐在教室裡發呆。我常常看到班上很多女生就站在走廊上和娟說話，有時我心裡會覺得酸酸的。吃完便當的午休前，偶爾我往窗外看，會看到娟在操場上打籃球。她一個人像是生悶氣似的拚命投籃。娟上籃的姿勢非常漂亮，她是我們班上唯一可以單手上籃的女生。

我不像那些下了課就圍在娟旁邊跟她說話的女生，但我總是在上課時，趁著發考卷時，偷偷往娟的方向看。

除了生物、國文和美術，我對其他科目興趣缺缺，特別是家政和體育。體育課，我只有體操項目分數比較高。娟和我一樣不喜歡家政課，但她體育超強，特別是球類運動，每次打球時，就成了同學們的偶像。我記得有次打躲避球，眼看球就要打到我了，娟就像豹一樣跳到我身邊，硬是去接那個球，可惜那球太快了，又從她手上彈了出去。但是等到我們被分到不同組，她在外場我在內場時，她拿到球，第一個打的人又是我。我簡直分不清，她是喜歡我還是喜歡捉弄我。我一直記得娟那時似笑非笑的表情，還有那顆球打在我身上刺刺熱熱的感覺。

過不久，學校舉辦籃球比賽，那天場邊有好多女生都在爲娟加油，我也混在加油的同學之中拚命叫喊。就在娟一次漂亮的單手上籃成功後，她突然將眼神投向場邊的我。四目交接的剎那，我感覺自己的臉紅到了脖子，頭低得像在禱告似的。球賽結束後，我故意走得很慢，不久，便聽到娟越來越近的腳步聲，接著終於聽見她跑到我身後的喘氣聲，並且輕輕拍了我的肩膀一下。

「嗨，陳蕊，等一下一起去吃剉冰好嗎？」

接下來日子，天氣開始轉涼，我覺得自己和娟戀愛了。我們不只同班，還走同一個路隊回家，有娟走在身邊，整個冬天都是暖的。

路隊會先經過孔廟，接著娟的家就在下一個巷子。我還有一段路，必須多搭幾站的公車才能到家，這時她會先跟我說再見，接著一轉眼，又溜到我身後，拍一下我的頭說：「哈，沒事，我得『送』妳回家才行。」娟總是嘻嘻哈哈地又陪我走了一段路，送我到公車站牌下。公車來的時候，她會摸摸我的臉，或是又輕拍一下我的頭，兩人才不捨地說再見。

我在回家半小時左右，總會接到娟的電話，彼此聊一聊白天在學校裡忘了說的話。如果娟半小時沒打來，我就會魂不守舍地打電話過去。整個冬天，我們之間的話多得像是必須要在長大之前全部說完。

周六中午下課後，我會和娟往菜市場的那條路走，到麵店吃碗魷魚羹冬粉。麵店裡傳來少女歌手蔡幸娟的歌聲，聽說她的年紀和我們差不多，可是人家已經在賺錢了啊。我們看著彼此厚重的書包，總覺得離長大還好遠好遠。

娟在球場上的身影實在太吸引人了，有些女生在她上籃得分時還會跳起來歡呼。慢慢地，我發現有好幾次，娟的眼睛不只飄向我，有時還飄向B或C或D。有一次，娟在場上跌了一跤，B以最快的速度衝上前去，我還來不及反應，只能愣愣地站在原地。我看著娟接過B的手帕，壓住受傷的膝蓋，並對她咧嘴一笑。一時之間，我竟有些暈眩，酸意混雜了淚液，突然紅了眼眶。

那天，我賭氣不跟娟說話，回家之後，娟破例沒打電話給我，我也忍住不在半小時後打過去給她。就這麼恍恍然地過了一晚。

如此冷戰了幾日，有天，娟到家時，用一種過去不曾有過的凝重眼神，愼重地跟我說了一聲再見。走了一會兒，我發現娟不再又溜到我身後，多陪我走這段回家的路了。

天氣慢慢轉熱，娟的影子不再跟在我身邊，像地上的一灘水，慢慢蒸發不見了。

升上國二時，我和娟已經變成「普通朋友」，慢慢地，我也將心思放在課業上，盡量不去在乎娟和那些女孩子的情感。我知道娟身邊的女生總是一直換，但做爲娟第一個「女朋友」，或許也該甘心了。

國三那年，我被分到A+班，娟留在A段班。升學壓力實在讓人喘不過氣，我們每天都留在學校溫書到八、九點，我的腦子裡塞滿了化學元素、數學公式、英文單字、歷史年表，還有各省山川河流以及想像中的鐵路，娟在這個時候，才慢慢從我的腦海中一點一點地擠到邊上了。

回憶起那時的感覺，我其實分不清楚喜歡娟跟後來喜歡男孩子有什麼兩樣，娟看別的女生時，我一樣忌妒像火燒，分手的時候，也同樣失魂落魄。而那個時代同年紀的異性，對我而言只存在公車上，如異物般，以各種令人不舒服的眼神、氣味存在。

我曾以爲娟的影子會一直留在我的腦海，只不過感情的事情是這樣，前一個還沒有完全消退，後一個卻疊了上來，考上高中之後，菁取代了娟的位置。

菁和娟是截然不同的兩種個性，菁雖男孩子氣，卻也有點像小太妹，而且非常愛漂亮。因爲個子高，她總將裙子在腰上多折一折，長度便落在膝上，遇上教官時，才將腰上的那一折放下。頭髮偷偷打薄、瀏海則用髮夾夾在頭頂，每次朝會檢查服裝儀容時，她便站得筆直，矮個子教官看不到她頭頂，要抓她髮型違規簡直自取其辱。

菁不是乖學生，上課總是遲到早退，爲了她，我也跟著一起翹課。上學時間，前後門教官都抓得緊，周三下午社團活動，第七堂課，菁就帶我跳進垃圾場，完全顧不得刺鼻臭味與想像的漫天細菌。接著，菁將垃圾場一旁運送垃圾的小門打開，我們就這樣神不知鬼不覺地溜出了學校。

每次和菁一起翹課總是讓人緊張，卻又有一種做壞事的快感，反而加速了戀愛感的蔓延。菁總是拍拍我的頭說我好乖。

某個周六中午放學後，我和菁搭車到西門町。菁跟我說只要過一座橋就到板橋了，問我願不願意陪她走路回家？「很近，大概半小時吧。」我想到了娟，點點頭說好。結果那天我們走了快三小時才到菁的家。但我想，即使走到天黑，我還是願意。

每隔一陣子，菁就買禮物送我，像是善待一位押寨夫人。貢品一直來一直來，那學期，我身邊總有數不清的小卡片、玉兔原子筆和橡皮擦。我總是小心翼翼地收著菁送給我的東西。我很少使用，只是通通將它們收進一個餅乾鐵盒裡。

和菁「分手」的原因倒是和娟不一樣，菁嫌我太乖、太無聊，算不上她的好玩伴。另一個主要的原因是我的生活有了變化，開始和男孩子「接觸」、交往了。

升上高二的暑假，大概每個高中男女都瘋上參加救國團的營隊。那像是一種「轉大人」的儀式，一個可以公開，並且受到鼓勵的青春期男女相聚的活動。

那一年我參加的是「戰鬥營」，因爲當兵對女生來說遙不可及，「戰爭演練」成爲一種歡樂且熱血的運動，更別說這樣的相處還偷渡一點少男少女的浪漫情懷和身體觸碰時的刺激。

救國團回來之後，許多男生和女生都交換了電話。

當年全台北的高中生都迷上了溜冰，很多「壞一點」的女生會在書包裡藏一套便服，放學之後換上，便和男孩子去萬年或是獅子林的冰宮溜冰，整個夏天都藏身在乾冰籠罩、霓虹四射的冰天雪地裡，感覺像是科幻片裡的夜景。

那個時代，中學生談戀愛是不被允許的。如果穿制服和男孩子走在一起，就會有「爪耙子」偷偷記下妳的學號，隔天朝會就會被校長叫上司令台，彷彿當眾被貼上淫蕩的「紅字」，被晾在台上，昭告天下此女子賀爾蒙過剩且不知廉恥。

那年暑假救國團回來，大概有三個男生跟我要電話，有一個男孩Y還騎著腳踏車直接殺到我家樓下，他穿著師大附中制服按門鈴時，我的父親不發一語、臉色鐵青。爲了避免太久的尷尬，我隨他下樓，跨上他的腳踏車。

腳踏車那天一路從木柵騎到了天母。當腳踏車騎上中山橋時，有個機車騎士對我們伸出大拇指。我的屁股壓在後座的鐵架上壓到痛了，實在不知道這趟旅程究竟是浪漫還是累。

後來他和班上的幾個男生也約了好幾個女生去溜冰，包括我在內，接著私下抓雙配對。每次在冰宮裡，我都冷得直打哆嗦，學了幾次，也只是讓Y牽著手在冰上走來走去，我覺得又冷又無趣，就不再去了。

可是不知過了多久，那群女生卻在背後傳說我先是接受男孩Y的感情，接著玩弄，並狠心把他給甩了。

多年之後，我已經大學畢業了，有一天突然在路上遇見還在念大學的男孩Y。師大附中畢業的他卻重考兩年，當兵回來才又考上大學。久別重逢，我們走進一家連鎖咖啡館喝了杯咖啡，他跟我說起了這件事。

「什麼？我有嗎？她們爲什麼那樣說我？」

「因爲我有一段時間沉迷在冰宮，幾乎每天去，差一點留級。」Y苦笑著。

「喔。」我停了一下。「那你後來在冰宮有認識別的女生嗎？」我記著有一次在狂風大雨的夜裡，過馬路時遇見他和另一個景美女中的學生共撐一把傘，彼時剛好一陣風把他的傘吹翻了，我們的眼睛正好對上，他像被雷擊一樣停在路中央看著我。

「還是有。」他低下頭。

我想了想，幾乎哭笑不得，「所以，你的問題是我造成的？是我甩了你？」

Y不說話，眼睛空洞地看向鄰桌的女孩。

「可是，我發現我不喜歡溜冰，而且請你不要覺得難過，你牽我的手時，我也沒感覺。況且，你還是認識了別的女生不是嗎？你確定是爲了我才沉迷冰宮，不是爲了你自己？」

「可是我不懂，爲什麼我約妳時，妳要出來？特別是第一次我騎腳踏車到妳家樓下時，妳爲什麼讓我載妳從木柵騎到天母？」

我爲什麼要出來？但我也想不出爲何要說不？「可是，你已經騎到我家樓下了啊，不然我應該怎麼辦？我也不知道那天你會載我到那麼遠的地方。我總要試試看，我總要試試看，不然我不知道什麼叫喜歡啊！」

我說了兩次「我總要試試看」時，一些不堪的記憶又回來了。久別重逢，聽到這一段話，或許應該感動的，但我卻莫名地感到憤怒與委屈，過往對異性的嫌惡與憎恨如一陣浪打來。到底是我出了問題？還是那個時代的少男少女都出了問題？是什麼理由讓我們相信答應了約會就算是戀愛？漫長的共騎或是拉手就該有一段誓約？

總之在與男孩斷了音訊的多年之後，我才知道高二上那年，我算是毫不留情地甩掉一個男孩。可是不久之後的高二下，我卻毫無理由的失去了初吻。

起初的原因僅僅是因爲我太痛恨校長把跟男生約會的女同學叫上司令台罰站羞辱了，於是藉由另外的「管道」認識了男孩子。當年「乖一點」的女生和男生邂逅的地點是在圖書館。彼時，每次走到館外休息時，總會有一兩個男生過來跟我搭訕，後來我便試著跟其中一位男孩W一起散散步。

有一回，男孩W約我去中正紀念堂，我們併肩坐在黯黑的涼椅上，無風吹來，空氣燥熱，毫無預警地，男孩突然轉頭舔了我的耳朵，接著迅速地把嘴唇滑向我的嘴。

刹那間，我的腦筋一片空白，接著竟是一點點難過的感覺湧了上來，雖然在那一瞬間，我閉上了眼睛，但是完全沒有電流通過身體。男孩的唇如同水蛭一樣緊緊地吸住我的嘴，直到我難以呼吸、快要窒息了，才用力將他推開。

回家後，我發現自己的嘴唇流血而且腫了起來。父親問我怎麼了？

我說走在公園，太黑，不小心被人的手肘撞了。

接著碰了一聲，關上了房門。

完全沒有戀愛與興奮感覺的我，在這樣難堪的情景中，沒了初吻。

或許所有的無感都有終點。

升高三的那年暑假，我在補習班認識了穆。而補習費卻是W給的。不知是示愛還是爲了那個吻致歉。

我討厭英文。面對著積弱不振的成績，總說自己是有錢少爺且自認應該就是我的男友的W幫忙付了補習費，於是我便不客氣地接受了這份好意。

而穆在某一次補習班下課後，先是和一群同學打打鬧鬧地走在我前方，等到我站在公車站牌，過一會兒，他才突然從騎樓走了出來，安靜地站到我身邊。

「嗨，妳可以幫我買景美書包嗎？」

我愣了一下，這請求好奇怪。我沒回話，只是低頭看著自己的白皮鞋。

「喔，不是我要的，是我姊姊。」他見我沒反應，趕緊解釋。我還是沒回話，他只好繼續找說話：「妳這條藍格子裙很好看，我記得這是妳第二次穿這條裙子。」

整個漫長的中學時代都穿制服，大概只有周末，我才能穿上自己細心挑選的衣服。「我記得這是妳第二次穿」這幾個字稍微讓我心旌動搖。我抬頭看了他，注意到男孩有著駱駝一樣的大眼睛和長睫毛，細瘦的臉將高挺的鼻子襯得五官格外突出，人也非常非常瘦。如果不是眼睛像駱駝一樣溫柔，他的長相實在過於尖銳。

就在我抬頭看男孩的瞬間，他趕緊接著說：「妳上課時不太專心喔，我經常看見妳在轉鉛筆。」我低下頭，偷偷笑了。

「我姓穆，『江西人』。妳也許有看過我的名字。在前面成績榮譽榜上。」

「喔，可惜我上課不太專心，也不太用功呢，所以從來沒去前面看榮譽榜。」我突然大起膽子注視著男孩駱駝似大眼睛好幾秒，挑戰他那不知哪來的雄性動物自信。但我真的沒注意過男孩的名字，上補習班總是渾渾噩噩，來去匆匆，原因是我對那男男女女挨著坐的密閉空間，總是感到壓迫與不自在。

男孩記得我上課穿過的衣服、平時的小動作，他一直說著這段時間裡，注意到我的一些事。而這一個月裡，我竟渾然不知密閉的空間裡躲著一雙注視的眼睛。

那天，男孩的話像慢慢發出磁力，吸住了我的腿。好奇他眼中的我，一個連我自己都不知道的樣子。我錯過了兩班公車，並且覺得，愛情來了。

暑假過後，人生有兩件事情暫停了，其一，我卸下了樂隊的小鼓。從高一進入樂隊，整整快兩年了。我們每周反覆練習，每天朝會時，我就背起我的小鼓，朝會結束後，接著進教室裡上課。樂隊生涯伴隨著升學壓力，是生活的另一條平行線。十月國慶時，在和平鴿釋放之後，我們穿著樂儀隊的短裙和馬靴，帶著青春的美麗與驕傲，大步走過總統府前。十月過後，卸下了樂器，宣告我與樂隊的短暫人生就此告別了。

其二，我和穆也不再見面了，熱戀期的感覺是夏日的一碗蜜豆冰，秋涼後必須暫停。然而酸甜交織的是，雖然不見面了，但男孩幾乎天天打電話。

「還剩下二百八十五天，我們就要見面了，要忍耐啊。」穆開頭的第一句話總是跟我報天數，等待聯考好像牢裡的犯人等著出獄。愛情的濃度像是日日蒸發的酒，越來越濃稠了。

放榜之後，穆考上了城南一所大學的法律系，我則到城外的F大讀歷史。等待了一年，總算可以在一起了。

整個暑假，穆陪著我到處玩，陽明山、天母、士林，走遍了整個城市。穆只有在過馬路時才牽起我的手，送我回家時，會輕輕吻一下我的額頭。但奇怪的是，我竟也心滿意足了。

考上大學之後，掙脫了制服和學生頭，好像從外表到內在都起了變化。迎新舞會、還有學校社團，林林總總的活動，像花朵一樣吸引著如蝴蝶般的我。更重要的是，我似乎不再那麼討厭男生了，並開始接受一些男生的約會。這或許是穆的功勞。

但穆畢竟是比我細心多了，彷彿比我更留心這些改變。有一回，我跟穆約好了在他家吃飯，卻先跟一個男同學吃了中餐，到的時候已經是下午兩點多了。

我以爲跟別的男生吃飯沒什麼的。

走進穆的房間，他突然將房門關上，臉色鐵青，然後以不曾有過的力氣，緊緊地抱住了我。

「我們高中就在一起了，分開了一年，不就是爲了現在嗎?不就是爲了現在在一起嗎?」穆勒緊了雙手，我就這麼動彈不得地被穆緊緊纏繞，接著他的舌頭伸進了我的嘴，並且第一次將手伸進我的內衣。我的外衣滑落，接著他親吻吸吮我的乳房。片刻間，我感到癱軟酥麻。終於，他將手指用力伸入我的陰戶。

像被雷電打到一樣，我全身一震，某些難受的回憶也同時湧上心頭，我用力地推開了他。

我穿起胸罩、拉上外衣，走向浴室，留下錯愕的穆。

站在鏡子前，我發了一會兒呆，接著用力地咬了一下嘴唇，然後用衛生紙，沾著那些血。再漱口，將血止住。我慢慢走回穆的房間，卻看見他低著頭坐在地板上，肩膀微微地抽動。

穆抬起頭，慌亂地跟我說：「對不起！妳不要生氣，我只是受不了妳跟別人在一起。」穆的眼眶有淚水打轉。我看著他的表情，緊張漸漸化散，篤定地靠近穆，慢慢地挨著他的身體坐下。我親了他的臉，有一點鹹鹹的味道。我說：「我沒有生氣，我只是嚇到了。我剛去了廁所。」我拿出衛生紙：「你看，我流血了。」

在那個在乎處女膜的時代，我爲了這一天反覆排練著一場「處女秀」，因爲我始終沒有忘記七歲那年的夏天。我只是希望自己有時間能夠準備一下，假裝自己流下處女之血。

意外的是，這天掉淚的人卻不是我，而是男孩。

我很高興。不知道是爲了自己的演技，還是男孩的淚水？我不知道這幾滴血流得有沒有意義，但是裹在我身上的膜，好像也正在褪去。我輕輕地吻著穆，並且自己脫下了內褲。

我的第一次，其實不太痛，而且很快就結束了。雖然很快，但是心裡十分快樂。

我原以爲我會一直跟穆這麼長長久久下去。

大一那年夏天特別長，但是對我來說，一下子就結束了。

三、輕與重　陳蕊

少女時代的我還不會幹政府，也不會幹這個社會。即使我非常痛恨高中時的校長，但嘴裡還是說不出「幹」這個字。甚至和男朋友在一起，也很少想到「幹」這件事。

穆或許是因爲太瘦了，壓在我身上時總是很輕，時間總是很短。但當時我並不太懂得這些，也不太在意性這件事。我一度以爲和穆的戀愛會這麼長長久久下去。年輕的時候總以爲一切都不會變，縱使偶爾三心兩意，偶爾小小爭吵，但我總覺得一切總會日見平淡的走下去。直到隔年冬日的某一天，我不小心拉開他的抽屜。

抽屜裡躺著幾封帶著香水的信，信封上是娟秀的字體。那天我和穆約好到他家的時間，難得這次是他遲到了。太過無聊的情形下，我想找紙筆來寫字，沒想到就這樣發現了一些我不想知道的事。因著女友的身分，我禁不住好奇，偷偷地打開了其中一封。在穆回來之前，我讀完了所有的信。

我的眼淚滴在一封信紙上，無法控制地將幾個字暈開成一團，接著一轉頭，看到的是穆錯愕又帶著憤怒的眼神。

他告訴我是同班同學。「別人要寫信，我沒辦法拒絕啊，我沒回。」

「那信上說送你的毛衣呢？在哪裡？」

他把頭別了過去。

那陣子我既傷心也太震驚了！震驚的原因是：第三者不是應該出現在我身邊？競爭者出現時，我竟除了哭鬧，全然不知所措。

「我還是愛妳啊，我不知道妳信不信，但我真的沒辦法花太多時間陪妳。我們法律系的功課很重妳不知道，以後最多一兩周見一次面，這樣可以嗎？」過了兩天，穆清楚地說出了他的決定。以前那個在我眼前流淚的男孩，此時眼睛飄向我身後的遠方，說話的口氣也突然堅強了起來。

也許是不相信，那一周裡剩下的六天到哪裡去了？

或者是不夠愛？我覺得這點退讓會讓我退到沒有一點扳回的力量。

穆看起來越是無辜無奈，越加深我的憤怒和不講理，所有不能出在女生身上的氣，全衝向穆的身上。

接著我一反過往，每天一通電話，不是不出聲音就是在電話那一頭哭泣，失了章法、也失了理性。

穆終於招架不住，愛意崩裂。聽到我的聲音就把電話掛了。

最後，我輸得潰不成軍，成全了他的「學業」，選擇了分手。

因我自己的功勞，就這樣被橫刀奪愛了。

有一晚睡夢裡醒來，我突然想到再也不會接到穆的電話，不會再搭車到穆的家裡吃飯，接著或許躺在他的房間裡做一次輕盈柔軟的愛，然後穆會送我到站牌搭車，上車前會把搭車的零錢往我手裡塞。我會在搖搖晃晃的公車上回憶著當天所有的溫度。而這一些溫暖的事情都要過去了。我起床走到廚房，猛喝兩碗竹葉青，突然想拿起刀子往手腕上割，但我發現自己害怕，故意將刀子反拿，用刀背在手腕上畫了幾下，而且沒一會兒酒力一衝，整個人癱倒在地。

就這樣昏昏沉沉地睡了幾天，飯也吃得極少。失戀痲痺了味蕾，癱瘓了中樞神經。

不知道過了多久，突然又有一天早晨醒來，像是病毒消退，肚子咕嚕咕嚕，我發覺自己好餓。抬頭看得到窗外陽光，聽得到明朗的鳥鳴，我突然覺得不再那麼難過。又變成了一個好人。

爲了提振時不時出現的消沉，我轉而熱烈擁抱校園生活，並且在一個奇妙的瞬間決定參選系學會會長。我發覺模擬的政治、權力，好像是最快可以將感情生活轉移的認眞遊戲。

也許是對手不強，且剛好結構上是北部與南部學生的競爭、學長姊與學弟妹的好感拚搏，加上與生俱來的台風和笑容，即使競選到後來，我發現自己對政治與權力並不那麼熱衷，可是我所代表的「北部學生勢力」，最後還是讓我險勝。我發現即使在小小的學生選舉裡，在旗鼓相當（或是面對兩個爛蘋果）的情況下，人口結構、地域概念，這些牢固的東西還是關鍵。

這是我的政治啓蒙。

選上了會長，過了一個夏天，誰知道發生了一件更重大的事：台灣解嚴了。

剛剛宣布解嚴時，什麼感覺都沒有，唯一讓人悲憤的是，髮禁也解除了。晚我幾屆的學妹們，無須再忍受醜陋的西瓜皮，無須再爲了多一兩公分，或是如何把髮夾夾得好看秀氣，煞費心機。

剛剛好長度的頭髮，加上日日燙整自己的黃襯衫和百褶裙，我曾經把這些細微的事情當成極大樂趣。如今髮禁解除了，反而讓人悵然若失。

但有些事情終究還是變了，當上會長這一年的全系大會，教官來找我時，口氣不僅溫和，居然還帶著一點商量。

「唱國歌的部分，妳看看還需不需要？我是覺得唱一下無所謂啦，不唱也無所謂。至於大學服呢，我是覺得穿一下也好，不過還是看妳。妳決定就好。」

突然之間，唱國歌和穿制服這件事，變成學生可以自行決定？高中時，除了黃衣黑裙，每周一次的朝會要穿卡其制服，其實也就是軍訓服。上了大學，仍需做一套大學卡其服，雖然一學期只有一次系大會得穿上這套制服。現在穿不穿制服可以自己決定了？那才穿了兩年兩次的訂做制服說起來還眞是浪費了。

令人玩味的是教官的態度。原本教官像警察一樣，可以隨意在校園裡把人攔下來訓話，現在卻像警衛似的，是來服務學生的，說話客客氣氣，好像不這麼做，就會被學生申訴。身段轉換之快，好像川劇裡的變臉。

除了教官變了，還有這次全系大會我決定穿卡其服但是不唱國歌之外，一切好像都沒什麼變。

少了男朋友，多了一些普通朋友，大部分的時間我都在學校裡混，校園生活好像這個時候才變得比較踏實。當會長不外就是辦活動，辦迎新、辦舞會、辦戲劇比賽、歌唱比賽，辦演講、辦書展……。

辦戲劇大賽，完全是滿足自己中學時的戲癮。除此之外，我還辦了系上第一屆歌唱大賽，原因是中學時代民歌盛行，大家都迷上了金韻獎的那些民歌手，並且時不時就到西門町的「木船」聽歌，校園裡也常見一些人沒事就抱個吉他在樹下唱歌。

這一連串純眞的業餘比賽中，我好像找回了一些生活的熱情。我還記得一位南部來的學弟，長得有些江湖氣味，唱起歌來萬分深情，不只會寫歌，同時還會導演和編劇，席捲了所有比賽的第一名。在一群看似平凡的少男少女之中，終究還是臥虎藏龍。

忙碌之外，我的感情生活也不算空白。

因爲算是長得還可以的女會長，加上每天要出入學生活動中心簽到，注意我的男生也多了，包括學生會的一些幹部，總是會特別熱情跟我打招呼。

剛進大學的那一年，有個《大人物》雜誌創刊號刊了校園十大美女，某個大三升大四的中文系的女生被選入這十大。開學之後，我總在校園裡看到這個學姐騎著單車飄逸而過，或是側坐在小她一屆的男友單車的前橫桿上，感覺既夢幻又甜蜜。從此學校裡稍有一點姿色的女學生，彷彿個個都注意起穿著打扮，連走路、騎車的姿態都格外留意，好像以爲隨時都會有機會被《大人物》給盯上。這樣想的女生也包括我。雖然還不到「校園美女」的等級，但當上會長後，多了些自信，走在校園裡，感覺自己也引人注目。

這一年，我沒有固定的男朋友，但短暫交往過兩個男生，不知道是失戀的茫然還是情感空虛，一個很快就莫名其妙上了床，但發現不是喜歡的型，於是不了了之。如今，連這男生的名字和長相都忘了。

另一個男生，是和外校合辦迎新舞會時該系的會長S。第一次見面時，我被男孩子像搖滾樂手般的長捲髮給吸引了，我覺得他像Europe合唱團的主唱。

那個暑假，S約了我和他的另一位大學同學，打算一路從新竹騎機車到台中和南投旅行。我內心波濤洶湧了好幾天，卻假裝是稀鬆平常的邀約而答應了。

那天跨上他的機車，漫長的日曬伴隨他那被風吹起的長髮，一邊令我感到灼熱，一邊又溫柔地滑過我的臉頰。因爲才剛認識，我不太敢抱他的腰，大部分的時間我只是把手放在他的腰側，並且把背打直，但轉彎的時刻，我又會偷偷地把胸輕輕貼在他的背上。

我們沿著省道一路騎下去，海岸、稻田和城市，眼前的景色隨著陽光的角度不斷地更替。有那麼一剎那，我好像不那麼在乎目的地究竟在何方。

開學後，到了舞會當天，在七彩霓虹突然暗掉的氣氛下，我們牽起手開了第一隻慢舞。即使在黑暗中，我知道全場的人都在看著我們，刻意不讓自己的身體靠著他太近，但是我仍然感覺到他手心傳來的熱度。舞曲結束，七彩霓虹開始熱情旋轉，這是我最喜歡的快舞時刻，無視他人，自己爲自己旋轉，身體也開始流汗。但是所有舞會的男女其實都在等待第二次慢舞的機會。此刻燈又暗下來了，S又慢慢走向我，這次他非常自然地牽起我的手，我抬起頭時，感覺他的臉靠我很近。他微笑地靠近我的耳朵說：「今天很順利。」我知道此刻已經沒有人注意我們了，大家都專注著自己跳舞的對象，我彷彿感覺到他的手在我的背上施了一點力氣，心頭閃過一絲甜蜜。

舞會之後，我們開始通信，聊的卻都是學會的正經事。偶爾他上台北，也會特地來跟我吃頓飯，就這麼通信、見面，曖昧了一整個學期。

寒假時，我循著信上的地址，大老遠跑到他在新竹的宿舍，想給他一個驚喜，誰知一敲門，一個女生睡眼惺忪，穿著男生的大襯衫出來開門。我愣了幾秒，把帶來的食物擱著，跟她說：「趁熱吃吧。」便慢慢走下公寓樓梯，靈魂抽空般踉蹌地又搭車回台北了。

我不打算再介入這種三人遊戲了，更何況我知道自己拉不下臉當第三者。那天晚上，我睡到一半，突然醒來，發現心臟像噴血一樣的痛。原來所有的感情，一旦幻滅，都會痛，即便只是曖昧期。我起身將男孩送的鬧鐘從陽台往大馬路上丟，等待清晨經過這條省道的大卡車，將它壓得粉身碎骨。我希望這段虛無感情也可以結束得乾乾淨淨。

在冷冽的清晨微光中，我起床跑到一樓，發現丟往省道上的鬧鐘已經屍骨無存了。

我在忙碌的學會工作中，試著把感情的事一點一點忘記。

就在系學會會長改選後的五月，我的任期只剩下一個月，社會上又發生了一件重大的事件。我記得那天從西門町下車之後慢慢走到北門郵局一帶，本來想到台北車站、館前路一帶逛逛，但發現從車站的忠孝西路往南到新公園附近的道路似乎出現不可思議的人潮。接近黃昏時，有些路段已經管制，到處都是拒馬蛇籠，一車車的鎮暴警察。有些警察帶著長棍在路上奔跑，好像在追逐民眾。

聽說有農民北上抗議，街上洋溢著緊張肅殺的氣息，我不敢久留，離開郵局，轉回頭到中華路搭車了。

隔天看報上說，當天遊行的農民是一群「暴民」。這些北上陳情的「暴民」，有人在高麗菜底下藏了石頭攻擊警察，最後演成了激烈警民衝突。我對這樣的報導產生了一些動搖和錯亂，我不懂這些人爲什麼會這樣做？而那些警察拿著長棍又要做什麼呢？

結束了那段遙遠且沒有實際發生的戀愛後，我最常想起的還是初戀男友穆，想知道讀法律的他會怎麼看這件事？穆曾經告訴我：「法律乃公平之藝術。」我心想，那歷史是怎樣的藝術？歷史事實是什麼？而歷史又該如何解釋？

●

很多事情大概都注定在季節交替時發生。剛升上大四，我的生活中第一件大事就是穆要求復合。

復合的要求讓我百感交集，不是因爲癡心等待太久，而是穆表現得好像什麼都沒有發生過。然而很多感覺不一樣了。我發現沒有愛情的生活過起來比較多采多姿。而穆呢？也許是一如他說的，專心念書？或是歷經了什麼波折？當年穆在補習班和公車站牌費心經營了一場相遇與戀愛，如今在我死心之後，卻可以如此輕易地要求復合？

「我不喜歡復合的說法，你就當是重新追我吧。」我覺得自己不這樣說，好像便太過輕易及廉價地接受穆的回頭了。

我們很快又跟過去一樣，好像分開的那一年什麼都沒發生過，彼此都不過問過去那一年的感情生活。除了感情的接續，升上大四了，社團沒了、課業輕了，兩人有更多時間一起跑金馬影展、去「太陽系ＭＴＶ」看影碟，這全是爲了配合我的興趣。高中時開始迷戲劇，不時跑到植物園的戲劇院看戲的我，大學時則開始迷電影。

我們一起在電影院看《致命的吸引力》時，穆突然說起班上那個女生，說她像葛倫克蘿絲，讓他壓力很大，幾乎窒息。

「還是跟妳在一起舒服。」看完電影，穆吐了好大一口氣。

我笑了笑。難道那個女孩也做過什麼激烈的恐怖事件？

我們也一起看了《布拉格的春天》。我迷上這部電影，也迷上了米蘭昆德拉。

穆對著空氣說：「脫。」

我知道他在學托馬斯說話。

我踢了他的小腿肚，笑了笑：「白癡嗎？」

他傻傻地看著我。「妳知道嗎？妳眞的很像薩賓娜。」

「不要盡說些傻話啊。」我伸出手，讓他牽著。

我記得那個走出電影院的下午，外面白花花的陽光。我記得我們的對話，即使二十幾年過去了，這些話像是泡在水裡一樣失去了溫度，但依舊那麼清楚。

我對穆說：「但是我喜歡特麗莎，我喜歡她的勇敢、癡情又純眞。」我不太留意性感、灑脫，但是玩世不恭的態度又比不上托馬斯的薩賓娜。

我也記得跟穆到新生南路台大對面一棟大樓的ＭＴＶ看大島渚的《感官世界》，汗流浹背的夏天，以爲兩人關在黯黑的小房間裡吹著冷氣，看這樣一部經典的情色電影，身體會變得甜蜜，誰知男女主角瘋狂而病態的性慾讓我一會兒興奮潮濕，一會兒暈眩噁心。除了色情地在私處沾著香菇、放入雞蛋，還有病態地勒緊戀人的脖子，我始終記得片中阿部定癡迷而悲傷的表情，記得阿吉和一群正要去打第二次世界大戰的士兵擦身而過，但他卻不瞧一眼，一心只想著要去見他的阿部定。

沒日沒夜的性愛宛如阿修羅。或許我該慶幸穆在性愛上的輕盈了。

而我陪伴穆的方式，則是陪他泡在學校圖書館裡溫書，準備司法官和律師的考試。在學校的圖書館裡，我多半是無所事事地讀小說，所等待的不過就是中午休息時一起吃飯，或是空檔的時候到學校的山坡路上散步。

我們維持著一周看電影、一周在圖書館看書，每周做一次愛的約會習慣。我甚至不過問剩下的六天穆在做什麼？跟誰在一起？畢竟這是穆的學校，每周出現在穆的校園，已經是主權的宣告。也許像穆說的，我像薩賓娜，總是給他足夠的自由，以及性。

但我們之間的性仍然很輕、時間很短，像是喝下一杯奶茶那樣甜甜淡淡，這對二十出頭血氣方剛的男生也許是不容易的事，但或許穆就是這樣的人。

日子日漸規律單調，我又以爲我們會這樣一直長長久久地下去，走向婚姻或者什麼。我有時會想像可以和穆生下一打孩子。《生命中不能承受之輕》裡說：「人類的時間不是一種圓形的循環，是飛速向前的一條直線。所以人不幸福，幸福是對重複的一種渴求。」

但是日子一長，往往就不是照著我所想的那樣走。感情有時不耐重複，永遠都會有脫軌的事。這次的第三者出現在我旁邊，而且僅僅只是一趟公車的旅程。

除了感情，大學生活對我來說是飛速向前的一條線，快畢業的前幾個月，因爲負責編輯系上的紀念冊，我連著幾周廢寢忘食地編刊物、跑印刷廠。這眞是我喜歡的工作，幾乎快忘了穆的存在。在一個搭車回家的晚上，我的眼皮沉重以至於精神恍惚，下車時沒站穩，公車到站時一剎車，整個人幾乎往一個男生的身上貼去。我說了聲對不起，就急急下車了。怎麼也沒想到這樣的碰觸，對另一個身體卻是火苗的點燃。

當時我住的巷子很暗，幾天之後，就在回家的路上，我發覺背後有人跟蹤，一如童年回憶，我下意識地背脊發涼，又緊張了起來，正當我加快腳步，遲疑著要不要奔跑時，背後的男子追了上來。

「小姐，前幾天我們見過的，妳忘了嗎？」我依舊腳步加快，準備在男孩靠上來前拔腿就跑。

「妳別緊張，慢一點啊，前幾天妳搭公車撞了我一下，妳忘了嗎？」男孩緊緊地跟了上來：「那天我本來要追下來的，如果不是我的同學拉住我，問我想幹嘛？我就不必在這站牌等妳好幾天了。我好不容易等到妳了，妳好歹停一下，聽我說話啊。」

我們一邊喘著，腳步慢了下來，我稍稍鬆了口氣，轉頭看了一下這個男生。他留著過長的直髮，牛仔褲的大腿處割破了一個大洞，看起來吊兒郎噹，和穆的文質彬彬是完全不同的典型。

我問他是附近那所大學的學生嗎？他說：是。

什麼系？

企管系。

幾年級？

二年級。

「你聽好了，我大四了。回去吧，以後不要再等了。」晚風微微吹來，我的拒絕也顯得輕鬆俐落。

「等一下喔，」他作勢往牛仔褲的口袋掏去。「我研二，我拿學生證給妳看。」

我知道他一定拿不出來，卻被他逗笑了。原本空氣裡的緊張和陌生，一下子消散了，只剩下涼爽的風。

長頭髮男孩姑且稱他F吧。F和穆讀同校，小他們兩屆。F說當時那一撞，眞是太銷魂了，以爲我是故意的。我則告訴F，自己已經有男朋友了，別傻了。但他似乎沒有放棄的念頭。然而公車的等待和暗巷的尾隨，以及男孩嬉皮的特質，讓我有了微妙的感覺。一點點甜蜜回憶的重溫，與惡夢的逆反。我突然想挑戰一下F的膽子，於是告訴他：「如果你眞對我感覺這麼強，你又這麼敢的話，那麼改天在你們學校校門口吻我，你敢不敢啊？」

「嘿，好啊！求之不得。」

我突然被這種吊兒啷噹和大膽的特質微微撼動了。

還不到約定在校門口接吻的日子，他日日都到站牌陪我走路回家，有一次我們到校園散步，接著便乾柴烈火地在暗黑的校園裡做起來愛了。那天，他坐在石頭上，我拉起裙子，跨上他的大腿，很快的，他就射了。我這才知道男孩竟然也是第一次。因爲第一次，加上在校園裡太緊張，所以快了一點。

那之後我們的做愛一次比一次猛烈。濕熱纏綿，撕咬呑含，放盡所有的力氣。

F偏好戶外，校園、廁所、公車……，只要他的性致一來。而且對十九歲的F來說，這樣的性致總是來得太容易。有一次，我們搭夜晚最後一班回木柵的公車，在無人的最後一排座位，我一樣拉起了裙子跨坐在他的腿上。上上下下的震動，搖搖晃晃的人間，窗外的景物恍恍惚惚。

我們很少去看電影，F是游泳校隊，喜歡Heavy Metal，並隱隱約約告訴我，他喜歡陽光高眺型且洋派的女孩。我試著聽Heavy Metal，可是我怕水，給人的印象很日系，圓圓肉肉的臉有點像藥師丸博子。

我們很少去看電影，但不看電影好像也不會怎樣，心靈的交集不算太多，但我們卻迷戀上彼此的身體，沒課的時候，我窩在F的宿舍裡，我們可以做一整天的愛，做完，吃了一點東西便睡，睡醒了便再做一次，像村上龍的小說《69》。

性事如此美好。高潮是讓人反覆上癮的麻藥。

我發現性好像可以轉移成愛，特別是對我這樣一個過去一直不明白自己身體情慾的女人來說。我開始慎重地考慮和穆分手，因爲受不了自己這樣的劈腿。可惜對F來說，這一次的身體啓蒙教育對他來說只是證明性就是性，精蟲衝腦就只是精蟲衝腦。因爲當我跟他提起是否還要履行在校門口接吻的約定時，他遲疑了，一反平常的吊兒啷噹，說：「這樣好嗎？對妳的男朋友會不會太過分了？」

「所以，你不是我的男朋友？」

「我喜歡妳的身體、妳的胸、妳的手，妳是知道的。」

對於愛情和性的分別，我感覺到困惑且痛苦了，他對愛情和性倒是分得一清二楚。F讓我又快活又痛苦。既是天堂也是地獄，但，這到底是不是愛情？有時我回到家，便窩在房間裡一直哭一直哭。可是當F騎著他的野狼又來找我時，我又傻傻地出去了。我總覺得我們還沒有分開，或許還可能發展成愛情。

正當我對自己和男人身體的探索到達不曾到達的極致，弄得自己魂不守舍時，對岸卻發生一件更驚天動地的事情。

令人震驚的事情，就發生在六月四日凌晨，坦克開進了天安門廣場，中國政府以武力實施清場，黑夜中茫然無所知的學生與民眾就這麼呼喊無門、血灑街頭。而那個晚上，我大概在睡夢中試著讓自己的身體情慾降溫，讓自己恢復理智。

之後看著電視和報紙，我想起了《布拉格的春天》裡的特麗莎。想起她瘋狂地拿著相機對著那些俄國軍人的槍口狂拍。做夢也沒想到，電影裡的畫面居然在一年後出現在我的「祖國」。

但畢竟是隔著電視、隔著一道台灣海峽，此刻的我正沉醉在我的「托馬斯」的懷中，沉醉在一次又一次的脫掉自己的外衣和難受的回憶。有時，更像是《感官世界》裡的阿吉和阿部定，不是那麼在乎外面的世界。

一些台灣學生在中正紀念堂發起聲援活動，我也去了一兩次，在人群裡靜坐、遊走。只不過，大學快畢業了，我忙著思考要不要與穆分手，也忙著將履歷表投向一家家的公司。在廣場的感覺除了比較立體和感慨，竟然也和透過電視觀看差不了太多。

我覺得自己快要離開學生生活，快不屬於廣場上的那一群人了。雖然我也曾關心政治，但僅僅是差這麼一年，我開始關心就業、關心經濟，並且熱情地期待資本主義帶來的繁榮。

這是我們和對岸最大的差別，我想。當時的台灣還在亞洲四小龍的前頭，大學時代，有些同學以到麥當勞打工爲榮，而我則是在寒暑假期間到百貨公司賣「高檔」的咖啡禮盒，在沒有車展小姐、酒促小姐的時代，這樣的身分彷彿像是她們的前身，不過是比較清純的那一種。

F將愛與性分開的行爲，撕裂著我的靈魂和身體，空虛的感覺多過性的歡愉，下面的洞被塞入，心裡的洞卻被打開，終於只剩下痛苦呻吟，一段短暫的出軌草草落幕。最後我既沒有告訴穆這段插曲，也沒有選擇和他分手。只是我不再感覺和穆會一直長長久久地走下去了。應了那句話，曾經滄海難爲水？

爾後，在我感情空檔的時候，F總會奇怪地適時出現，我以爲那是因爲愛的殘留，且彷彿提醒我對性仍有需要，但他的行爲卻只是尋歡，不斷提醒我男人總將這兩件事情分得很開，而且毫無歉疚與罣礙，儘管我是他第一個女人。每次他來找我的時候，總是說他想念我的胸、我的洞以及我的手，卻不談及我的腦或是靈魂，也不曾延伸成愛。最後一次，當我告訴他，我再也無法這樣了，這讓我覺得自己下賤。F穿上衣服，摸摸我的頭，嘆了一口氣說：「陳蕊，妳眞是一個好女孩。」接著，就像一片曾經讓我感到迷幻卻伸手不見五指的霧，消失不見了。

四、秩序繽紛的年代

陳蕊

從我生命中消失的不只是人，有時是一整個事件。一九九〇年，如今回頭看，被定義爲台灣學運史上極重要的一年，但彼時我剛剛離開了校園，並沒有出現在中正紀念堂的廣場上，而是在台北東區以及南京東路，往另一條截然不同的路上走去。

南京東路三段，彼時台北的華爾街，我在那條大街上上班。

大學畢業時，我曾有兩條渴望的就業路，一是當編輯，一是當廣告文案，可惜太過天眞，背景、工作經驗以及專業知識三項都缺，應徵時全部沒上。當時我憑著對電影的喜愛，到一家知名的電影雜誌應徵編輯，筆試答題時對電影的流派、理論大多不知，這才知道自己懂得只是皮毛，半吊子的文青。主考官搖了搖頭，改口問我願不願意當廣告ＡＥ？

「就是幫雜誌拉拉廣告，或許妳可以試試。」我還在遲疑，退一步到底是屈辱還是機會？正好一位身材曼妙、裹著合身套裝、黑色高跟鞋的女子走了出來，像瀏覽靜物一般，帶著淺笑，眼神輕輕劃過我的臉。我傻傻地看著她，心想如果是參加選美，我會給她九分。主考官跟我說：這位是廣告部的副理。我低頭看著自己的平底鞋和不脫學生味的襯衫和長裙，相形見絀。專業與外表皆不足，當場就只剩下拒絕的骨氣了。

應徵了三、四家工作，最後誤打誤撞、但不算困難地踏進一家廣告集團的公關公司，當起資料室的管理員，專門負責收集與客戶相關的剪報。

「公關」在當時是一個曖昧的行業，所有的人都把我們跟隔壁幾棟大樓地下室的「公關小姐」聯想在一起。所不同的是，我們上班時間比較早，但同樣經常工作到深夜。而且，我也開始脫胎換骨，跟她們一樣穿起高跟鞋。同樣地，我們不時出入飯店，因爲要辦記者會。但我們的長相相對平凡，加班加到灰頭土臉，也缺少一種妖豔的風情。

每當夜裡下班，每回見到讓人驚豔的女子，一轉頭便看她們走入那幾棟更華麗氣派的大樓。同事們說，那裡叫作「花中花」和「大富豪」。一到夜裡，街上名車湧現、霓虹閃爍、香氣流連。

彼時股市上萬點，「花中花」的公關小姐身上噴著Chanel No. 5，手裡挽著LV和GUGGI，而我們這些初出社會的公關公司菜鳥，只能在滿街的地攤上尋找相似的仿冒品。

那是台灣贋品猖獗的年代。

所有的事物，不管是正牌還是仿冒，都一起在街頭上流竄。

我老是覺得在我低頭挑選衣服包包時，那些和警察大玩捉迷藏的攤販裡，好像藏著似曾相似的身影，可能是我小時候的同學。

彼時號子裡熱鬧喧嘩，台灣經濟蒸蒸日上，下午的咖啡廳坐滿了衣著光鮮，穿西裝、揹名牌包的男男女女；速食店裡則湧入了一些原本該在菜市場穿梭的太太，如少女談論隔壁班男孩般地聊著各股行情以及到處打聽來的小道消息。街頭欣欣向榮，好一番盛世光景。

但是接著證交稅提高到千分之六、波斯灣戰爭爆發，台灣股票從年初的一萬兩千多點，一路下滑，從二月到了十月，大跌了八千多點。我見過一個穿著骯髒襯衫及西褲、上班族打扮的男子，手拿大字報，失魂落魄地站在南京東路的號子門口。大字報上寫著：「請我吃頓飯，我會告訴你致富的方法。」但是一連幾天，熙來攘往的人群，始終沒有人停下來請他吃頓飯。突然有一天，他就像烈日底下蒸發的一攤水一樣，消失不見了。我希望真的有人請他吃飯，兩人合作，一個致富、一個翻身。

三月的時候，野百合學運在廣場上熱烈綻放，雖然我做的是剪報工作，但是我們關注的是客戶的消息和台灣的民生與經濟新聞。學運的新聞在開放報禁後，在種類與張數慢慢變多的報紙裡，變得很稀薄。對我而言，總在翻報紙時一晃而過。

這眞的不能怪我。這些年，當我有機會和當年走過野百合學運的同世代人接觸，我總是困惑於爲何我對這件事印象如此模糊？彼時除了和同事沉醉在東區歌舞昇平的生活之外，最重要的原因，恐怕是當時「文工會」與電視三台取得了限制學運新聞只播「一分鐘畫面」的默契。

六十秒鐘，差不多是小虎隊在〈青蘋果樂園〉裡做幾次後空翻的時間，遠不及我在地攤上找尋一個合宜的仿冒包的時間。從三月十六日到三月二十二日，七天，總共七分鐘。少於我吃一碗陽春麵的時間。然而這「一分鐘畫面」的答案，卻是在我多年之後，花了好幾天翻找當年的學運歷史書籍才解開了困惑。於是那影響重大的七天，在我的眼前恐怕只是模糊的瞬間。

彼時，我和同事下了班在東區的ＫＴＶ唱著小虎隊、李宗盛、陳淑樺的歌，假裝懂那些「夢醒時分」；我們深夜在ＰＵＢ裡跳舞，並且與一些剛出道的小明星與偶像團體擦身而過，有男同事刻意和他們聊天，假裝和這些明星很熟。在股市萬點，薪水三個月後就調高的美好前景下，我們認爲最好的時代就要來了。我們熱烈嚮往這繁華且帶了一點歡樂糜爛的新生活，就要將我們帶離學生時代的青蘋果滋味。就算不是進入外商公司和大企業，但是活潑的公關工作將要帶我見見世面，擁抱這繁榮的資本主義社會。

我時常加班不拿加班費，因爲我們是責任制。我們不放五一勞動節，因爲老闆說我們是顧問，不是勞工，當然也不適用勞基法。雖然有時工作超時會抱怨，但商業書上告訴我們這樣才能出人頭地。做別人會抱怨、不肯做的事，你才會成功。很快地，表現好的同事升官且加薪，我們都看在眼裡，相信不久之後我們也將是如此。我們相信只要努力就一定有收穫，老闆會給我們獎勵。這跟愛情很不一樣，這就是工作最美好的保障。

加班加到天昏地暗，下班又和同事去唱歌跳舞，我常常忘了穆的存在。女朋友、男朋友，到底哪一個重要？同性戀還是同性愛？對我而言也不重要。男人有性，女人有情，至少在那個時候，我還弄不太明白什麼是愛情。滿是女同事的工作環境，感覺又像是回到了女校時代，我覺得我又喜歡上另一個女孩子了。

我喜歡碧，因爲她聰明、漂亮。削短的頭髮，圓滾而略凸如金魚般的大眼，小小的虎牙，有種異族之美。她說她的父親是正八旗滿人，母親是台灣人，芋仔番薯。外省人在我眼裡總是比較美麗，更何況是血統高貴的少數民族。我們就像學生時代要好的女生一樣，總約好一起去上廁所，但不像中學時我對娟和菁的感情，彼時我會想像她們蹲馬桶的樣子，而此刻我只是單純喜歡在隔壁間廁所聊天，一起洗手照鏡子，姐姐般的親密。我看到娟和菁會臉紅心跳，看到碧卻像是看到一面鏡子。碧是我的進化版，時髦古怪，更美也更自信。

下了班，我們便牽手一起逛街，偶爾我到她家裡小坐時，喝紅茶，吃東區買來的時髦蛋糕。我們會一起躺在她的單人床上聊天。我們訴說著對未來的夢想：賺大錢、環遊世界。

我們在一閃一閃亮晶晶的ＰＵＢ跳舞時，ＤＪ會請我們上台搖鈴鼓。搖啊搖，許多男生的眼光在我們短裙上流連。搖啊搖，世界就在我們腳下，你們想追也追不到。裙襬搖啊搖，鈴鼓搖啊搖。

一切如此耀眼、新鮮。

但日子久了，如此眼花、疲憊。

有一晚，我們在錢櫃ＫＴＶ唱完了歌，男人們不知是眞心還是假意誇獎我們眞美麗。碧和同行的幾個男人興致仍高地說還要開車到永和喝豆漿。燈紅酒綠，頭昏無力，我眞的累了，搖搖頭對她說：我要回家了。

碧不可置信地看著我，悶不吭聲。走了幾步之後，突然用力將路邊的一只垃圾桶踢倒。這條馬路狂歡後的縮影——可樂罐與啤酒瓶、塑膠袋和衛生紙……就這麼灑了一地。碧很生氣地看著我：「剛剛才說妳是最佳玩伴女郎。妳爲什麼要這麼掃大家的興？」

我靜默不說話，那一刻，碧和我之間那面玻璃，嘩地龜裂開來。隔著有裂痕的玻璃，我發現原來我們並不一樣，始終不相像。

我想，我只是累了，因爲妳是發散光源的恆星，而我只是喜歡妳、圍著妳轉的行星，覺得靠得近，就可以像妳一樣發亮。但整晚KTV的霓虹轉啊轉，轉得頭好暈。我想我累了，就快要轉不動了，碧，妳不明白嗎？

碧的男朋友在美國讀書，她感到寂寞。我是她的最佳的玩伴。她在KTV唱著〈飄洋過海來看妳〉，一面想著太平洋另一邊的男友，一面把眼睛輕輕勾向別的男人。我是她的擋箭牌，同時是黯淡一點的發光體。我們喜歡彼此、需要彼此、一紅一綠，所以總是結伴同行。有一晚，一個喜歡碧但是追不到她的男孩，找我聊天喝酒，最後趁著我醉了，吻了我，並且將手伸進我的內衣。我是這樣的功能啊，碧。

玻璃的裂痕過不久就漸漸癒合了，我和碧又一如往常地上班、上廁所、唱KTV，只不過我已經清楚感受彼此之間存在著一片玻璃。很難再靠近得密密合合，形影不離。

然而那片玻璃上的裂痕眞正消失，是在多年之後，當我們不在一起，當我們終於步入溫柔的中年，各自有了家庭，很少聯絡，並且開始想念彼此之後。

當家庭主婦的那段時間，有時我帶著小孩在公園散步，會模模糊糊地想起碧，想她在商場上忙碌的樣子，想起我們以前的對話。

突然有一天，我在逛舊書店時，接到碧打來的電話。她先問我最近好不好？停了幾秒，然後又問我：「還記不記得我媽曾經把螃蟹丟到洗衣機裡去洗淨脫水的事？」

「記得啊。」

「以後不能再跟妳分享這麼有趣的事了。我媽死了。我想跟妳說，以前她很喜歡妳。」

碧的聲音很平靜。我愣了一下，說不出半句安慰。過了這麼多年，碧仍想到打電話跟我說這件事，直到那一刻，我才確信我是碧最重要的朋友之一。

至於跟碧混在一起的那一年，我是眞的忙著上班忙著玩，忙到把我的男友給忘了。分分合合的愛情，很像是啃了太久的雞肋，沒味了。好久沒有聯絡穆的某一天，我突然想到打電話給他。並不意外地，他告訴我他考上司法官了。

「啊，恭喜啊！我好高興！要不要請你吃飯？」

穆在電話那頭沉默了一會兒，接著才說：「那怎麼好意思呢？這次算幸運啦，很快考上了，但其實也多虧有人陪我溫書。這人妳也認識。就之前我班上那個女生。」

換我靜默了。

「……嗯，我理解了。不過還是恭喜啊。」

這回，他先掛上電話，我還留在嘟嘟聲裡。終於，我知道我們是徹底分手了。但是隨著他的聲音消失在電話的一頭，我除了一點點懷念之外，發現自己並不難過，不似當年了。

感情走到這裡，我想，算是最好的結果。

時間如果再往前倒退一兩年，快畢業前，我其實也在這條大街上打過工，那是敦化北路與南京東路的交叉口，彼時叫做鴻源百貨，後來轉手改爲環亞百貨。記得嗎？我說過曾在百貨公司的超市裡賣咖啡禮盒。

印象最深的一次，是見到了某位女星。她穿著牛仔褲、白襯衫，脂粉未施，非常素雅地出現在我的眼前。她認眞看了看我賣的禮盒，嫣然一笑，接著去買了一些麵包和巧克力。一些長期專櫃的小姐非常恭敬地叫她「老闆娘」，她不帶傲氣卻難掩明星氣地微笑點頭離開。我這才知道原來她嫁給了這家百貨公司的老闆。

唉，美麗又有錢的貴婦啊。我萬分羨慕地目送她離開。

巧合地是我父親自小學教職退休之後，拿著一些退休金，進入了投資公司——鴻源集團。仔細想想，她也是父親的老闆娘呢。

彼時父親一如過往當老師的時候一樣，每天老老實實地準時到公司上班。父親年資一滿就從學校退休了，他領了一次全拿的退休俸，而不是月退俸，原因是父親覺得自己並不老，想拿這錢做點生意或是投資。只是父親哪懂得做生意？他聽了幾個朋友的介紹，拿了一半的退休金，便到投資公司上班了。

他很滿意這份工作，每天認認眞眞地到公司看報紙，聽高層簡報公司的展望。雖然我和哥哥都不知道爲何工作這麼輕鬆，仍然可以照領薪水？但是父親依然非常認眞且堅持地認爲：當一個好員工就應該好好地聽公司的簡報，有朝一日他們一定可以跟公司提出投資的建議，這就是他們要負責的工作和準備。更何況股票市場衝上了萬點，父親相信這一切高報酬都是合理的，他要做的只是趕緊補上當老師時對財務、經濟知識的空白，以及每天早上九點到公司打卡「上班」。

然而這年才剛開始，固然半年來公司風風雨雨，但他相信老闆的信心喊話，一切都會過去。快過農曆年了，這天他走進辦公室，覺得萬象都會更新，正準備跟同事拜早年，卻聽到公司已經倒閉的消息。他和其他的同事像一顆顆洩了氣的人型氣球一樣，全都癱坐在椅子上，幾乎站不起來，再也讀不進任何一份報紙。

接連著好幾天，父親把自己關在房間裡。我們讀不出他的想法，也聽不到他的聲音。

好在這一年，哥哥早以優異的數理成績拿到全額獎學金，進了常春藤名校。而我也已經開始上班賺錢。

台灣史上最大的經濟犯罪——鴻源吸金案，一夕之間崩毀了許多家庭。所幸父親還留了一半退休金。也許該慶幸父親從小養成節省和謹愼的習慣，每回他領到薪水，總是一遍又一遍地數，將鈔票上的人頭整整齊齊地朝上放。給媽媽和我們零用錢時，也總是留一半存到銀行。

這次父親也還剩下一半的精神，只不過他「做生意」的夢算是徹底碎了。過了一個多月，父親總算又打開了報紙，他開始應徵工作。不久之後，他到一棟嶄新的大樓上班。只是這次他站在大樓的門口，當起大樓的管理員。

站在辦公大樓前的父親依舊準時上班，就像過去他站在學校門口一樣。只不過以前用著威嚴、英氣看著小朋友跟他鞠躬敬禮的他，如今是客氣且恭敬地跟每一個踏進大樓的人鞠躬說早安、午安以及晚安。

有一次，父親撿到了一個手拿包，裡面放著二十萬元的現金。他認真地查出了掉包包的人，原來是大樓裡某一家公司的總裁。父親常教導小朋友要拾金不昧，當然自己也不例外。總裁找回了包包後非常高興，決定好好獎賞父親，我們全家人都好期待。結果隔天父親帶回了禮物，是一台計算機。

在一半黯淡、破碎，一半光明、希望的大環境裡，我、父親、穆，還有許多認識與不認識的人，在九〇年代的浪頭上繼續漂流。

五、男孩哪裡去了？　阿忠

夜裡的人潮如海浪一般一波波湧來，我把小貨車往馬路邊一停，黑布一攤，一排排幾可亂眞的名牌包便這麼亭亭玉立地在街頭站了起來。我常常在想，女人和包包眞像，男人手裡挽著的到底是名媛還是交際花，到底有幾個人可以分辨得出來？不過我倒是可以保證讓那些出身不好的交際花手裡挽著的包包個個都像是正廠出品的A貨。

眞的假的，外表看起來其實都差不多，重點是包包裡要多塞一點錢。

除了擺地攤賣包包給那些買不起名牌包的ＯＬ，我在「花中花」的女人娜娜，既是紅粉知己，也是生意上最可靠的下線。我們的合作是這樣的：她將這些假貨賣給她的姊妹，當然啦，這些買包包的錢都是男人出的，她們跟男人要個兩三萬說要買眞包，拿的卻是幾千元的假包，轉手就賺了好幾倍的差價，這當然肥了那些姊妹們的荷包。我、娜娜以及她職場上的姊妹，每個人都賺了一手，吃虧的只有那些上酒家的豬頭。

我常覺得那些上酒家的男人都是豬頭，除了我之外，因爲我有娜娜跟我裡應外合。只不過這陣子我對自己不是豬頭這事也沒那麼有把握了。原因是娜娜和李董越走越近了，這一行也沒有所謂的「討客兄」，而娜娜貪戀的，我那強過老男人的青春肉體，越來越虛弱了。酒池肉林的生活，是不是也該有個盡頭？再拚個幾年，我真的要帶娜娜一起離開，重新展開新生活嗎？

這陣子我的胃口很差，大便也不順，全身上下都不通。在街上擺攤，也很怕被警察堵到。生意一旦做大了，麻煩就多。而且這陣子幻覺也多，老覺得看到小學同學，我曾經暗戀過的那個女生。她的頭髮比小時候長了一些，穿著簡單乾淨的套裝、有點瘸腳的高跟鞋，揹著一個，嗯，怎麼說呢？有點設計感但是廉價的合成皮皮包。大概是買不起好一點的眞皮包吧。如果眞是陳蕊，當她走到我面前時，我大概會送她一個新款的COACH，雅痞一點的那種。就像那年娜娜走到我面前挑包包，想買一款LV，我看她一直摸著包包上的LOGO，像是要摸出個道理來。我心想這大概是她生平第一次買名牌包，非要摸出個眞假的差別。於是便送了她一個COACH，跟她說這款比較少人揹。隔天我去她上班的酒店，點她的檯，我們就這樣凹凸上了。

我和娜娜在一起，圖的是她的身體和利益。她跟我在一起，圖的當然也是利益和身體。只不過這個利，跟陪那些大爺喝酒睡覺不一樣，像我說的，我們轉手就揩了那些凱子的油，對娜娜來說，這種感覺比較像是正正經經在做生意。加上我未婚，更像是小倆口同心協力打拚似的。

但是我愛娜娜嗎？實在說不上來。她沒有可憐的身世，她的家境固然不好，但之所以下海，純粹就是想要賺錢賺快一點，趁著現在年輕貌美的青春本事。就這事來說，她相對單純。台灣這些年笑貧不笑娼，鄉下地方喝喜酒，不請一團上台跳脫衣舞，人家說你禮數不周。台上摸奶脫褲，台下喝酒吃肉。連出殯請個孝女白琴，也要能邊哭邊脫，否則別人說你不孝。婚喪喜慶、酬神廟會，色情行業等同服務業，電子花車到處招搖，競爭激烈，還發展出十八招，當眾表演用私處開酒瓶、吹蠟燭。

老實說，我也不想要搞上一個太複雜難懂的女生，花感情去同情她的遭遇與身世。露水姻緣嘛，或許哪一天就一拍兩散了。

至於娜娜愛我嗎？老實說我也不知道。她多少嫌棄我那不夠光明可愛的家庭。至於我媽呢？更別說有多反對我娶一個酒家女進門。事情就僵在那裡了，就像我們倆的未來。而一個賣仿冒，一個是酒家女，跟人談什麼光明未來？

至於我爲什麼會踏入這一行？故事眞要溯源，也是因爲我媽。那個年代，大家不喜歡把錢放在銀行或是買保險，所以就跟會，利息高一點，風險也高一些。民風純樸，跟的多是熟人，也就沒什麼問題。有時連學生也起會。但像我媽起的這種會，一跟就七、八十人，風險很大。總之，我當兵那年，我媽起的會被人倒了，欠了一屁股的債。我爸是養粉鳥（鴿子）的。彼時台灣許多公寓的屋頂滿是鴿舍。這些粉鳥不是拿來吃的，更不是拿來觀賞的。除了國慶日你看到的那些和平鴿，粉鳥是拿來比賽的，簡單說，也是賭。賭牠們會不會飛回來？還是死在半路。這條鴿子鋪出來的財路，是一條鴿子血鋪出來的路。

退伍之後，我原想找一個穩定點的工作，但是看著債主討債上門，我也不能放著我媽被人砍。高職畢業的學歷，說什麼也是從基層做起，起薪一萬五。要還掉一百多萬真是逼死人。當時有朋友賣仿冒包，我跟他切貨，利潤很好，賣個半年，我就變成批貨給別人的中盤了。

我們這行，說複雜是複雜，但也還好。層層分工，警察真要一網打盡，也不容易。總之，在東南亞某些地方有幾家專做仿冒包的工廠，有人則專門跟這些工廠接頭，先運到香港，再運到台灣。至於我呢，則是跟這樣的人接頭下單，我的單子下得大，就成了中盤。至於我的下線，就是那些跟我最初一樣擺地攤的人，還有我的娜娜。娜娜也聰明，學我一樣佈線，留一點利潤甜頭給姊妹，姊妹們就幫她找客戶，於是我的單子越下越大，到今年，我恐怕是台北街頭數一數二的仿冒包中盤了。

東南亞工廠、還有台灣、香港兩邊跑船帶貨的人，黑白兩道都要吃，到我這頭，客戶就是那些攤商、交際花和逛街的散客，黑道角頭的保護費多少要給一點，但是小警察聽從上級指令，有時難塞什麼甜頭，取締抓得緊時，就只好跑給他們追了。

每次單子下太大，貨沒銷完，得在街頭擺攤時，我都難免緊張，平安度過了，就到酒家吃飯喝酒，摸小姐兩下，有時也躺一下、幹一下。我總是想，再幹幾票，就收手了，錢也賺不少了。畢竟最近身體越來越差，就像我說的，食慾變差了，又經常肚子痛，有時大不出來，有時又澇屎。有次跑警察，還眞的是跑到「挫屎」了。時不時頭昏，我才會懷疑，這陣子偶爾在兄弟飯店前面看到的女孩，是不是眞的是陳蕊？或是最近常常回憶起國小時的美好時光，所產生的幻覺？

我記得小時候曾經裝班上女生聲音打電話給陳蕊，約她去河堤散步。她先是愣了一下，笑笑說好。結果她眞的來了，只是見到我之後，跟我說：下次別鬧了。

那時眞叫愛情嗎？總之小五、小六時，那裡長毛了，陰莖老是勃起，特別是我個子高，老早就夢遺了。班上就幾個可愛的女生，每個男生分著喜歡。我們這一票，座位離陳蕊近，不時聽她說話、看她笑，都分到喜歡她這組了。有次看她上台擦黑板，手一舉高，裙子便一提一提，差點露出內褲，看得我都硬了。

正當我沉醉在童年回憶時，有人拍了我肩膀一下。

「你是阿忠嗎？」

我嚇了一跳，以爲是警察。

「我是陳義隆啊，你的小學同學，你忘了嗎？」

他不說，我眞的忘了。我慢慢將他小時候的臉和現在重疊，終於想起來了。

●

跑到「挫屎」不是最糟的事，直到有一天挫出來是血，那才眞的是完蛋了。送到醫院時，醫生宣告我已經是大腸癌末期了。

不必說，娜娜離開我了。這樣也好，反正我現在也沒辦法跟她一起賣仿冒包了。這樣也好，反正我媽也不喜歡她，就像我說的，露水姻緣嘛，總會一拍兩散的。

人生多虛幻，我和娜娜的行業，盛開後糜爛，一如我現在的大腸。只是讓人不甘心的是，我才剛滿二十三。也不怕你笑，酒家我常跑，不管是北投、林森北路還是南京東路，酒家、Piano Bar 還是酒店，我也睡過不少女人了，但除了娜娜和我這段如眞似假的感情，我還沒有眞的談過戀愛。當然陳蕊也不算。

現在偶爾陪在我身邊的，除了爸媽，就只有陳義隆，還有幾個醫生和護士。臨死之前能遇到小學同學眞的很奇妙。

陳義隆，小學成績總是吊車尾，全身髒兮兮的，老是跟人打架，要不就被欺負，最慘的一次是被一群男生當眾拉下褲子，只因爲有人發現他那天沒穿內褲。我跟他說這件事時，他搔搔頭，說想不起來，早忘記了。

因爲坐得近，我跟他都喜歡陳蕊，提起她的時候，他倒是笑一笑，說這事他記得。他還記得那時想學吉他，就抱著吉他到陳蕊家樓下唱歌。

「痟仔！是我就提一桶水往樓下倒。」

陳義隆國中畢業就沒繼續升學了，被我們認定是成績不好的小流氓，這樣的決定也不算意外。讓人意外的是，他當了一年少年工，做彈簧床、賣枝仔冰，突然有一天，他想通了，很想繼續念書，就跟家人說。他先是讀高工的夜間部，越念越起勁，隔一年轉到日間部，高工讀完，還想讀大學，可惜沒考上，最後讀了二專，如今也剛退伍回來。轉了一大圈，現在學歷居然比我高。人看起來也不髒兮兮了，戴了眼鏡，還有點書卷味。不像我現在，瘦的跟鬼一樣。

陳義隆來看我的時候，大概是我剩下的日子裡，比較快樂的時光，特別是回憶起國小的時光，那無疑是我們最純眞的年華，回憶著我們喜歡的女孩，甚至包括那些年少的勃起。而我，還剩下多少日子可以勃起呢？

陳義隆讓我驚訝的，除了他後來的求學生涯，更重要的是，他忘記那些小學時的難堪和痛苦，那些同學們對他的霸凌。

是不是我們只要記得快樂的事情就好？那些痛苦就忘了吧。

想想我滿二十三歲了，卻還沒談過一次像樣的戀愛。而這幾個月，我的內心明顯有些變化。那個護士小眞，每次她扶我坐起來，餵我吃東西、清理我的排泄物，或是掃起我掉落在地上的頭髮，那些動作都充滿了愛。

我知道有些人會說，我頭殼壞了，「那不過是她的工作，而且你快死了啊。」我的頭殼是眞的壞了，身體也是。但是小眞的手撫過我的背、我的腿時，我那裡確實勃起了。她讓我還感覺到確確實實的生之喜悅。看到我的生理反應，她還會微笑跟我說：「眞希望你可以好起來。」

或許她還沒愛上我，但是我愛上她了。至少我現在希望有個女人愛我，而跟了我相好一段時間的娜娜，知道我得癌症後，就立刻跟我分手了。

你知道這幾年我賺了不少錢，卻還來不及花，眞不知多惆悵。有一次，小眞幫我清理尿袋，我告訴她，我想留給她一些錢。她不說話，沒說好，也沒說不，頭低低的，接著便幫我吊起了點滴。

你不知道，小眞是我媽喜歡的那種女人，甜甜乖乖的，不需要長得太美，只要會照顧人，護校畢業，是我配得上的學歷。陳蕊呢？我想她早就大學畢業了。

至於我爲什麼不把錢留給我媽呢？哈，我就是爲了幫我媽還債，才去賣仿冒包的。那我爸呢？他只會拿去賭，或是去買粉鳥。給我哥呢？那會被我大嫂拿走，我討厭我大嫂那個死八婆，整天罵我哥，我哥不被罵到衰小才有鬼。小眞不一樣，也許因爲我的錢，她會有不一樣的生活。

我要給小眞錢，她不說話。於是我又跟她說，要不我幫妳買間房吧？這次她頭更低了，拿起我的屎袋，走了出去。過不久，她又回來了，我見她臉上抹了粉，還擦了口紅。我想她是答應了。那一晚，她扶我坐起來時，我吻了她。我不知道我是不是第一個吻她的人？我希望我是。

我想你們會說，小眞對我的不是眞的愛，是仿冒的，她爲的只是我的錢。可是你們眞的以爲我完全沒想過嗎？我可是賣仿冒品的專家啊。但東西假久了，只要你當她是眞的，她就是眞的了。我賣假的貨，賺了那麼多眞的錢，這次如果是用眞的錢買到假的感情，那也算扯平了。

更何況，或許我跟我父親一樣，是眞正的賭徒，這是我最後一次下注了。我賭小眞住進我爲她買的房子之後，會開始愛我，因爲所有的人都會告訴她，她遇到一個眞正愛她的人。她長得不是那麼美，眼睛細細小小，兩頰上還長著雀斑，以後不會有這樣的運氣了。

如果有一天，她眞的遇到一個她愛的人，我賭他會在小眞邁入中年時搞外遇，將她拋棄，那樣小眞到時候會眞的想起我，並且愛上我，用她剩下來的孤獨時光回憶我。

我賭這一切，在我死去的多年之後。

六、其後

陳蕊

搭上國光號往台中朝馬，這是我人生第一次離家遠行，帶著一點賭注，一去便是一整年。

台灣對新的事物一向好奇，新興的公關業也不例外。有些新東西只是瘋迷一時，比如葡式蛋塔；有些則長久生存下來甚至發揚光大，像是珍珠奶茶。

彼時，總公司派了我們幾個人到台中開疆闢土，設立分公司，開拓公關業的處女地。主管本是台中人，算是回家鄉耕耘。我們帶著台北人的氣勢，說起話來一派威風。我是主管的特助，特助聽起來也神氣，但工作其實就是祕書。然而這對歷史系畢業，老是當不上AE的我來說，無疑是一種機會，也是職位上的升等，只因爲我們願意外派到台中。

車子抵達台中時，天氣明顯比台北晴朗，步調明顯緩慢。我們頂著大太陽，從找辦公室、買家具、做裝潢開始。打理這一切，我用了最短的時間、最省的經費，這一切不只讓我的主管滿意，更讓台北的老闆刮目相看。我要的除了這些肯定，還有一個原因：我要用離家的這一年準備出國留學。這一年既是休息，也是離家的練習。

我們很快就有台中的客戶，最主要是當地的建商。五期和七期的重劃區，像一大片綠洲，吸引著一群建商在上面種樹、種花、種房子。原本一大片空地，很快就佈滿豪宅。建商客戶裡也有人斯文客氣，多年後我才知該集團老闆在台中政商關係深厚，喊水會結凍。但更多則是充滿江湖味的土豪。我的主管偶爾要陪伴他們上酒家，既是嫌人家俗氣，又要賺人家的錢。我因爲是女生，所以擋掉了這些應酬，但想想又覺得可惜，少了見世面的機會。啊，當時我還不知道，這些建商裡，竟也有人會寫小說，還是上乘的小說。

當時我不知道的事情可多，不知道我們其實是被發配邊疆，不是什麼衣錦還鄉。我的主管憑藉他是男的，又是名校畢業，總不把公司裡滿滿的女同事看眼裡，更糟的是也不把一些客戶看眼裡。開會時酸了一堆人，但說起笑話來還是迷人。老闆看他有才華，但遲早會闖禍，就讓他帶著我們一兩個二等兵外放打拚。江山打下了，就是功勞；失敗了，就捲鋪蓋走路，再也別想踏進台北的公關圈。

多虧我年紀輕，加上我主管一身傲氣，即使每周回台北總有同事冷嘲熱諷，問「你們台中人」是不是沒見過這、沒吃過那？我也總能隱忍下來。

「嘿，我不是台中人啦，我是台北人，只是去台中工作。」

某些同事老把台中人當成鄉下人，把台中想像成落後之地，好像離開了台北，人就跟著土地一起下陷。低到塵埃裡。

我很難跟這些人解釋，我每天早上沿著一小段綠川走路上班，呼吸的空氣比台北新鮮；晚上下班到附近一家可以租書的咖啡店裡讀小說，這是台北還沒出現的新形態咖啡店，這份散步和閱讀的悠閒也好過在台北泡夜店。

此時，我跟大學時喜歡的外校學會會長S君又見了面。S入伍後，我們仍偶爾通信，他知道我到台中工作，一退伍，便約我見面。S剪短了頭髮，隔著眼鏡，看起來比以前規矩、斯文。在咖啡廳裡，我看著他的新髮型，想起大學那一年，坐他的機車從新竹一路騎到台中，他的長髮撫在我臉上那股癢癢熱熱的感覺。我不知道是不是因爲髮型改變，還是我後來經過了別人，彼時那份害羞與忐忑，隨著時間，此刻在眼前變得朦朧淡薄了。

S說，好巧，他也打算出國念書。

後會無期了吧？我們這樣拖拖拉拉地相見、重逢、曖昧，又什麼事都發生地經過了這些年，我想終將隨著漂洋過海而畫下句點。

然而更想不到的是，我在這裡又戀愛了，且對象是小我兩歲，大學剛畢業的男生U。公司有幾個穩定的客戶後，很快地我們就應徵了新的AE，U應徵上了，但是三個月試用期滿，就被老闆fire。原因是他太嫩、太可愛，太像個孩子。

離開公司的那天，U還是一臉微笑，看了我幾眼，感覺非常平靜。我約U一起吃飯，幫他餞行。食物送來時，他只吃了幾口就不動了，這才告訴我，他其實非常難過。

在U找到新工作前，每晚我們都到東海大學附近看影碟、打撞球，有時也到棒球練習場打打棒球。很快地我就迷上了撞球，昏黃的燈光、繚繞的香菸味、此起彼落的撞球聲，這個過去在台北念書時不敢去的地方，有他的陪伴，就顯得理直氣壯。彼時，街角常常可以見到電動遊戲機，U總會停下來打幾局快打旋風，而且每一次都選春麗。

U也是台北人，但因爲念東海，又因爲我的關係，暫時不想回台北。畢業兩年多了，我好像又因爲新男友回到了大學時光。

很快地，U找到一家當地的廣告公司，主要的客戶也是房地產。晚上下班後，我們依舊一起打撞球、打棒球，他送我回家的路上，也總會停在路邊，請春麗陪他伸展一下拳腳。此時坐在U的旁邊，總會讓我想到高中時陪穆在獅子林打小精靈。晚風吹來，我貼著U的背，聞著他身上淡淡的汗味。我約莫是喜歡這種少男氣味，不管是穆、F、S，還是U，他們身上都有種還未長大、像海風吹過牧草的少年氣息。

回到住處時，我們會趁著房東上來前很快地做愛，因爲我的房東不准我們留男生過夜。這實在太過驚險了，所以有時我寧可多陪他打幾局快打旋風，或是找家茶藝館喝珍珠奶茶。彼時的台中，每一條巷子都有珍珠奶茶。

戀愛對我來說，更像是家常便飯了。找一個人一起吃飯、一起玩、一起睡覺，只要這個人可愛。特別是在異地，這種需要特別強烈。認識U以後，晚上我不再一個人在房間裡玩拼圖、一個人去咖啡店看書，我們一起打球、玩電動、看周星馳、釣蝦，當然還有必要的做愛。不需要想到未來，未來是開放選項。我擺明了一年後是要出國留學的，愛情來的時候就要及時把握，也算是童叟無欺了。

每到周末，我常和U一起回台北，比較起來，他更喜歡住了四年的台中，有時還留在這裡，生活好像還沒有脫離大學生活。每周往返，我都覺得台中多了一點什麼，台北則少了一點什麼。無關繁華興衰，而是興起與消殞，開發中與已開發的差別。台中的地面上多長出了一些房子，而台北則有更多建設藏到了地底。

台中除了碩大的理容院和汽車旅館（當時台中被稱爲文化城，但其實真正的意義是風化城）之外，也有越來越多漂亮的餐廳和咖啡廳，公司行號甚少，這個城市似乎靠著民生消費就可以自給自足。

我也漸漸習慣台北同事的嘲諷了，總公司有了更多的精品和外商客戶，而我們的大都是台中LOCAL的建商。一切以進步和國際化爲標竿的九〇年代初，我也找不到任何反擊的言語，學校旁的撞球間與街角的電動遊戲機的奇幻魅力，說起來更顯得荒唐與孩子氣，我只能告訴自己，再過不久，我就要去美國了，到時候你們這些台北人也成了土包子。

彼時的台北車站，我的雙城轉運點，往西往東各有不同的景致。往東是時尚的指標地段，俊男美女、華衣錦織依舊在東區的街頭迷離穿梭。往西，一座破敗的商場橫跨在中華路的中間，散發著垂死的氣息。鐵路已經地下化了，交通似乎變得順暢許多，但我偶爾仍會想起大學時代到F大上課時等待平交道柵欄升起的焦躁，以及那噹噹噹的柵欄鐘聲，如今已變得遙遠模糊。我與U仍前往西門町看電影和吃蚵仔麵線。這個城市正在劇變，人們似乎等不及割去那些發臭的盲腸。

我與U可以戀愛的時間其實只有一年，每周他都看著我上台北美加補習托福和GRE，接著準備申請學校的文件，但是這並不減損他的愛情強度，反而將未來視爲時間的考驗。

這一年我們去過的地方怕是比大學四年和穆去的地方還多，除了東區、西門町，往南還有公館和木柵這些我們的棲身之地。我們還到九份（啊，那時的九份假日沒有滿坑滿谷的人潮，我們走的還是石階，唯一一家館子是間難吃的麵店，荒涼的氣息才是貨眞價實的悲情城市）、到深坑（深坑的臭豆腐，也只有大樹下的那間），當然還有U熟悉的台中，東海大學、霧峰……

然而，我卻將這一切視爲臨別秋波，終究是短暫的漣漪，所以當U按下一次次快門時，我總是帶著滿足的微笑。U知道嗎？

當然情侶間的爭吵還是免不了的，U會嫌我在公館地攤搶衣服時太過勇猛（我說在東區不這樣，看上的衣服很容易活生生地在你眼前被擄走），我會嫌他喜歡的周星馳電影有些太過低俗。每次爭吵完，我們就以做愛和解，對U來說，這或許是再甜蜜不過的摩擦了。

離開台北的那一天，U在機場流淚了。離開台北兩個月，那些垂死的中華商場終於被拆遷。我把這一切視爲理所當然，沒有太多的悲傷。

直到接下來的日子，我每周收到U越洋寄來的信，以及他將剛澤斌的〈妳在他鄉〉和〈中等美女〉反覆錄製的卡帶。按下手提音響，機器裡一遍又一遍唱著：

細細回憶　妳的影像　彷彿見妳　離去模樣
紅著雙眼　任淚遊蕩　如今各一方

妳在他鄉　是否無恙　時光久遠　念妳如常
莫道情短　衹願意長　幽幽嘆感傷

愛情本是反覆無常　是是非非自己想
話雖如此　總是我傷　真心換淚兩行
思念妳的夜我天天都在嚐　除了妳還有誰能讓我心傷
好多話在我心裡藏了又藏　可是我無人能講

日復一日黑夜白天都漫長　這感覺暖暖地印在我胸膛
所有的夢我願意與妳共享　衹要妳陪在我身旁……

在那些無人陪伴的異鄉夜晚，我聽得眼淚停不下來，終於知道所謂的鄉愁。

而在分手多年之後，我看了侯孝賢的《最好的時光》，看到舒淇與張震打撞球的畫面，彷彿看見那一年在台中撞球間裡的光影，聞到彼時空氣裡的氣味，想起那些微甜微酸的日子，即使只是一瞬之間。

七、北上　小黑

此刻我的心情和南台灣的太陽一樣滾燙。八月盛夏，我踏出軍營，第一件事就是親吻地面，外面的世界立刻回報我兩片起泡的嘴唇。哈，熱情如火的花花世界，即將在我眼前展開。

我的人生有兩次重要的北上，第一次是十八歲那年，離開台南到台北讀大學。第一次北上，我帶著夢以及一段急於告別的初戀。這一次北上，也是帶著夢以及幾年下來我累積的音樂。

不誇張，我的第一首歌，是爲了打賭贏錢寫下的。也多虧了學姊，先辦了系上的音樂比賽，我初試啼聲，拿了冠軍之後，學校又辦了青韻獎。這次爲了和人打賭，寫了第一首歌，我的一萬元生活費，就這麼賺到了。

我的賭性大概是來自我阿爸的遺傳。

我的人生，也有兩次重要的南下。第一次是在六歲那年，阿母先是將我帶離南投，一路往南抵達台南，為的就是躲避好賭且喝了酒就打人的阿爸。

從小我跟阿母說話的時候，就必須站在她的右邊，因為她的左耳被阿爸打到有點聽不見了。我阿爸是廚師，不打人時，甩動鍋鏟的手勢俐落流暢。阿母當年是餐廳的會計，迷上的就是父親做菜的手勢。結婚之後，兩人聯手在草屯市場裡開起了小吃攤。

阿爸的雙手始終沒有閒著，用來炒菜，也用來打架。常來攤上找阿爸的，大多是他的「兄弟」。有人跛腳，有人斷指，也有人缺胳臂。阿母說，當年阿爸在幫派裡的大哥和二哥，都相繼幹架出事死了，就輪到老三的阿爸當起老大。攤子上，三天兩頭就有人來喝酒撨代誌，一言不合就拿起酒瓶往對方的頭上砸。阿母生下我哥和我之後，再忍受不了這樣冒風險過日子，決定帶我們回到台南娘家。阿母被阿爸狠狠打了幾個耳光之後，依舊奮不顧身連夜帶著我們搭火車回到台南。

那一晚，我帶著旅行的興奮心情和阿母搭上深夜裡的慢車。後來，忍不住朦朧的睡意，在睜眼與閉眼之間，我依稀記得母親印在車窗上的側臉，隨著窗外的燈火，忽明忽暗，看不出是喜是悲。

但加入幫派這件事，恐怕也是會遺傳的。到台南生活後，阿母忙著上班賺錢，我成了鑰匙兒童。某天上學的途中，一個國三的大哥把我拉到一旁，說看我資質不錯，要不要就跟著他們？大家有個照應。入幫派的那天，幫主設起了香堂，我舉香拜關公，接著往酒杯裡滴血、喝下血酒、發毒誓效忠，這一切就跟電影裡面演的差不多。

我們幫派的領域就在台南西門圓環民族路、西門路那一帶，成員主要是計程車司機，幫裡吸收的小弟，則是附近幾所國中的學生。台南的發展從西區開始，圓環附近有赤崁樓、菜市場。市場供應的是附近有錢人的魚肉蔬果，而攤販是勞動階級。彼時寶美樓還在，還有陪酒小姐，巷子裡則是小旅館林立，白金啊、省都啊，是比較有名的幾家旅館。此地貧富懸殊，龍蛇雜處，儼然是整個台南的縮影。除了計程車，我們涉及的行業還包括應召站和賭場，也算包山包海。

我年紀小，打架圍事還輪不到，我的工作主要是負責看管幾個原住民姑娘。白天，她們被鎖在公寓頂樓的幾間小房間。下課後，我就騎著機車帶她們到附近的巷子裡的鐵皮屋裡從事買賣。在那樣的屋子裡，連鴿子都要發出腐敗的氣味，更何況是兩條交纏的身軀。

騎車載她們的時候，少女們從不肯貼緊我的背，手抓著後座，身體往後微仰。從她們閃爍不安的眼神中，我知道她們想逃，所以我必須將車子騎快一點，就怕她們跳車逃跑。可是，能逃到哪裡呢？小姑娘啊，妳們的翅膀都還沒硬呢，飛不遠的。「落翅仔」的意義，我想這樣來的。自從被騙來或賣來城市之後，妳們的命運就該是這樣了。也許有那麼一丁點的可能，遇上個好人，帶妳們走或幫妳們贖身，但是別指望是我，因爲我幫老大做事，這就是江湖道義。如果你問我，幫派給我什麼？除了零用錢，無非也就是家的感覺，對我們這些家庭裡少了一些什麼的孩子而言。

我跟幫派的關係生變，是在我考上南一中那年開始。老大把我叫來，愼重告訴我：「考上一中了，以後就不必來跟我們混了。」我就這樣被逐出幫派，老大甚至交代大家不准跟我往來。走在路上，以前那些兄弟，看到我便快步走開。我知道老大是爲我好，因爲他看好我聰明有前途，可是我多少有被遺棄的落寞。老大沒讀多少書，以前每次有問題，都會把我叫過來。「小黑，這個學校有沒有教？你講給我聽。」

但你若問我，以前我們做的事是好是壞？我心裡也是有答案的。我記得那些少女們茫然恐懼、隨時想逃走的眼神。我曾想，如果我沒被逐出幫派，也許過些年，我就成了老大，但更大的可能，是我被人砰砰了，因爲過了幾年，政府開始雷厲風行地掃黑。大一那年，我在報紙上看到老大因爲火拚械鬥死了的時候，心裡還是抽了一下。想起當年他像是推我上岸一樣把我逐出幫派，眼淚還是不聽使喚地掉了下來。老大死後，這個新興幫派的地盤就像泡沫一樣，漸漸被那些老幫派給吞噬了。

上了一中，失去幫派照應的「收入」，我開始兼差。

高二那年，從晚上七點到十點，我在唱片行打工。接著趕場，十一點之後到「臨海大舞廳」當服務生，直到凌晨兩點回家。隔天早上七點再到學校上課。下課到打工前的那段空檔，有時我會到一中對面的地下音樂屋聽黑膠。我們那時候是流行聽西洋音樂的，不管是George Winston的鄉村田園鋼琴、Dan Fogelberg的民謠，還是披頭四、Bob Dylan的搖滾。我們還愛聽Queen、聽Rolling Stone……

我是在這裡遇到小敏的。

她總是一個人安靜地坐在最角落的沙發。我也是一個人，坐在另一個角落。

遇到的次數多了，有一回，我便和她打了招呼，聊了幾句。小敏知道我晚上在唱片行打工，就開始到唱片行要我幫她找唱片。小敏總有一堆問不完的問題，也不知道她去音樂屋那麼多次了，對音樂到底是眞懂還是假懂？還是在考我？

有一天，小敏把我叫到唱片行外面，一出來就揮手巴了我的頭。「你是有那麼遲鈍嗎？看不出來我在追你嗎？」

把到小敏的那天，我送她回到宿舍，我穿著高中制服、戴著大盤帽，依然興奮地不想離去，於是在她的宿舍樓下大叫她的名字。「王曉敏！」

王曉敏！我要全世界的人都知道，妳是我的七仔。

我忘了告訴你們，那一年小敏在成大念大二，而我才高二。你們不知道這有多威風。

我也很難跟你們形容小敏到底有多美。她不是典型的那種美。小敏有一邊的耳朵短小且捲曲，像一顆害羞的貝殼；鼻孔和下巴則微微內縮。有人說，這叫小臉症。她笑著說，她的母親當年並不想生下她，差點把她打掉，因爲她媽吃了一些藥，所以她現在才會變成半臉美人。但是你如果看著她另一邊正常的臉，我想任何人都會跟我一樣愛上她。我必須說，活了四十幾年了，小敏依舊是我見過最美的女人。

和小敏在一起的那年，是我一生中最快樂的時光。我是第一次眞正碰觸到女人柔軟光滑的身體，第一次進入到一個人內心和身體的最深處。小敏像一彎月亮那樣躺在我的身旁，我們一起聽歌、談論創作與未來的夢。

我與小敏分手的原因並非她身上的殘缺，更不是有任何外來的第三者，而是我在小敏面前完全失去創作的能量。小敏太聰明也太有才華了，讀她寫的文章，我自慚形穢，但創作對我來說，幾乎是當時活著最重要的事。我在她面前既開心又自卑。老實說，我不知道小敏看上我哪一點？也許是當時在地下室微弱的光線下，我顯得如此孤傲且率性。

而且小敏未來的夢想和我也不一樣，家境不錯、成績也不錯的她，家人希望她一畢業就出國念書，她自己也這麼想。而我呢？連大學都還沒考上。

我記得高二上學期第一次月考，第一堂剛考完，下一堂要考化學，父親突然在休息時間出現，他將我喚到身旁，父親不像兒時記憶的那般高大了，我的個子甚至高過他一點點。我們並肩走了一會兒，有那麼一瞬間，我覺得我們比較靠近了。父親這時終於開口了，並不是問我的功課如何？而是問：「汝阿母是不是在外面有男人？」我先是錯愕，過了二、三秒，巡視了四周，發現地上有一根大木棒，我一個箭步拿起木棒，想往父親的頭上狠狠砸下去。我的眼前出現血紅一片的光景、骨頭碎裂的聲音……還好旁邊剛好有同學看見，一把將我拉住。我含著淚對他咆哮：「你知道阿母有多苦嗎？滾！」

我看著父親低著頭轉身離去的背影在樹影下顯得稀微落寞。而那堂化學課的考卷，則滴滿了我方才強忍下來的淚水。

年少時，暴力的血始終在我身上流竄，我想是這個緣故，那幾年在幫派的日子才會如魚得水。

父親老了。那之後，他大概也怕我了，很少再來台南找我們母子。

升高三那年，我決定從自然組轉社會組。主要是因爲我打工打到根本沒時間讀書，功課快跟不上進度。期末考的那天，物理試卷上考了一題：「炸彈不小心發射，何時會墜落開花？」老實說，我知道怎麼算，但是既然已經打定主意轉組了，所以我在考卷上寫下：「炸彈掉下來就趕快跑，還算什麼算！」接著就帥氣地交出了考卷。

爲了避開父親，更爲了避開小敏，我決定北上。

花了半個月時間K書，最後如願考上F大。考上一個不好不壞，可以輕鬆混過的系。我帶著簡單的行李、未知的夢想，第一次北上，離開台南。

●

趕上了最早的一班車　今天我們一路往北
躲過了最早的陽光　不想與任何人告別
懷抱裡熟睡中的愛人　我想你應該能諒解
手握著未知的地圖　窗外霧還濛濛一片

北上的車　開快一點
別讓黎明的霧阻擋我的視線
北上的車　開快一點
就是這個方向　別再猶豫不決……

許多年過去了，我回到台南，寫下了這首歌，出了一張不是太多人知道的專輯，而人生輾轉至此，又是另一個故事了。先說完北上的故事吧。當時的這首歌，寫的是綜合兩次北上的心情。彼時我的懷抱裡，並沒有愛人，但我眞的希望她可以諒解我爲何離去。因爲如果我不離開，我眞的會想要跟她走，一起遠走他鄉。只是我終究無能爲力。

到台北的學校註了冊，我就開始跑林森北路，往條通裡的酒店裡去，一樣是當服務生。入夜的林森北，整條馬路是黃色的，計程車停滿整條街。而這行我也算是熟門熟路了，只要剽悍、懂規矩，能擋架以及保護小姐，口袋裡賺的錢就不會太少。

酒店裡龍蛇雜處，女人既是潤滑，也是煙霧。官員在這裡收賄，黑道在這裡撫代誌，財團與官員、黑道與民代，黑與白、明與暗，全都是「談生意」，粉味一蓋，完全模糊了界線。

系上的課業我也不太管，很多時候有人罩著你，讀這個系最大的好處就是女生多。男女不成比例，可愛的女生也就特別多，借你筆記、幫你的課本畫重點，只要平時酷酷的，請人幫忙時溫柔一點，通常也就不成問題。

但是系上的活動，我就感興趣了。班上女同學可愛，當然學會的學姐們也很可愛，學姊們辦的活動，自然要多多支持，更何況是我感興趣的音樂和戲劇。大一的時候，還被學姊拉去打了一場新生盃的辯論賽，辯論核四該不該蓋。當年我國語不輪轉，情急之下還用台語把對手正妹給罵哭了。嘿，結果還是拿了最佳辯士。只是沒想到當年辯論的核四議題，竟然一拖拖了快三十年，成了朝野之間的角力。

大一那年，美國的Toto合唱團到中山足球場演唱，這是我和小敏鍾愛的樂團。我知道這天小敏一定會來。我焦急地坐在場子裡，不斷地往幾個入口看。

小敏果然來了，雲那樣飄下來，她看起來比以前更瘦一點，沒有被頭髮遮住的那一邊臉，比以前更清麗、眼睛也更亮了。而且，她就在我後面幾排。我看了她一眼，接著跟我一旁的朋友說：「可以了，我等到她了。我要走了。」接著就在小敏的面前起身。我知道她一定認得出我的背影。

彼時，我覺得自己離開得很帥，我的腦海裡響起了Toto的〈Stop Loving You〉。而高中時的種種回憶開始一幕幕在我心底閃過，我不能確定自己剛剛是不是真的看到了小敏。還是，這一切只是幻影？

這就是我與小敏的告別。

大學那幾年，我總是在校園和林森北路兩地穿梭。偶爾彈彈吉他、玩玩社團、唱唱歌。彼時也會到台大找一個叫「老哥」工友聊天，老哥的工友室總是不時有學生，大家圍著他，陪他喝酒唱歌。我們私下都叫他「地下校長」。而許多年之後，他一個人安安靜靜地死在相伴他大半輩子的工友宿舍裡。消息出來時，一些年輕人才知道這個落魄工友曾經出過專輯。

大三那年，除了打工、唱歌，還出了一件大事，學生們聚集到中正紀年堂，提出解散萬年國會的訴求。帶頭的主要是台大的學生，但是我們F大也沒閒著。身為文代會的幹部，我們做為「後援組」，主要是帶一些雨衣和帳篷，給那些在廣場上靜坐的學生。

老實說，我當年對民主的理解懵懵懂懂，送雨衣和帳棚這件事除了一點點熱血，主要的目的還是可以看妹。雪中送炭，雨中當然送雨衣了。有時我會多留一會兒，聽廣場上的學生一起合唱〈美麗島〉，有一次也聽到「黑名單工作室」唱的〈感謝老賊〉。偶爾也看看一些學生在舞台上表演一些諷刺短劇。接著我又騎著我的「野狼」，繼續趕往林森北路。

音樂、辯論和戲劇，其實在當時，我最鍾情的是戲劇。高中時就迷上了李國修的《那一夜，我們說相聲》，偷偷地練習寫劇本。怎知進了大學，這麼巧，系上就辦了戲劇比賽，我一舉拿下最佳劇本和最佳導演。大四那年，我拿著學校公演的自創劇本到Mr. Lee的「表演工作坊」演出的「舊情綿綿餐廳」，希望能夠得到他的賞識。他翻了一下劇本，很認眞但帶著倦意地看著我：「以戲養戲很辛苦的，你看我這樣根本賺不了幾個錢，眞的要走這一行嗎？你要想清楚喔。」

那一夜，我看完了戲，看著Mr. Lee離去的身影，一時沒有答案。

也剛好就在我大四這一年，「黑名單工作室」出了《抓狂歌》專輯，要到學校來公演。這專輯一出來沒多久就紅了，我得到消息，腦子動得快，就跑到新莊的一家唱片中盤批了一堆國台語卡帶，大大方方地在文友樓前擺攤。

當天不知爲何，黑名單演出時居然被斷電了，陳明章等人就用著肉聲、木吉他等樂器，來了場不插電的表演。

痟痟抓狂　痟痟抓狂　痟痟抓狂痟
巧巧抓狂　巧巧抓狂　巧巧抓狂巧……

〈台北帝國〉、〈計程車〉、〈新莊街〉、〈民主阿草〉……「黑名單」連唱了快十首歌，現場的學生在這一片台式搖滾的歡樂中如癡如醉。至於我的卡帶則是獨家生意，也讓我的口袋啪哩啪哩。

自從在「舊情綿綿」裡，Mr. Lee要我想一想舞台劇這一行的溫飽問題，可能是窮怕了，我才開始考慮未來是否要從事我的第二專長——寫歌。

彼時我還不太會寫譜，想到的旋律就哼出來，然後用Walkman式的錄音機把它們錄下來，接著就填詞；有時是先寫了詞，然後才想旋律。但是不管是哪一種，統統沒有譜，只有一卷又一卷的卡帶。

快畢業的那年，吉他社裡有學長幸運地被唱片公司看上，已經準備發片了。我拿了幾卷卡帶給他，希望能碰碰運氣。他要我等他的消息，先放心去當兵吧。

當兵那兩年，我是保防官手下的文書，算是涼一點的兵，工作主要便是拆阿兵哥們的信。我們當時把阿兵哥私下分成幾級，而社、學運人士比民進黨還要更「低一級」，是最需要密切的對象。我們把信看完之後，再偷偷黏回去，盡量弄得像是沒被拆過。不過我總是特別在那些被營裡「密切觀察」的對象的信上，留下一些記號，讓他們知道要小心，不要硬被按上什麼莫須有的罪名。除此之外，我依舊愛哼歌、愛創作，想到的歌便一首又一首地唱出來，錄進了卡帶。偶爾也會寄給那位學長。

就在我快退伍的那個夏天，我終於等到了學長的消息。

八、氣球破掉了

陳蕊

飛機深夜降落在佛羅里達的塔拉哈西，才踏出機場，坐上學長的車子，大雨便如同貓狗翻騰般滾落。"It rains cats and dogs." 連雨都是美國式的。雨刷分明打到最快速，眼前依舊一片模糊，回頭看，車子像是駛進暗夜裡的瀑布。

車子開往二十四小時營業的餐館，咖啡豪邁地裝在馬克杯裡而且可以無限續杯，餐點是香腸、炒蛋和馬鈴薯泥。我仔細聞了聞食物，混合了窗外雨水與土壤的味道，這些都和台北吃的氣味不同。我眞的踏上了異鄉。

隔天一早搬進了校舍，暑假期間，宿舍裡除了我，就只有幾個粉刷和噴殺蟲劑的工人。冷氣與燈倒是通館開著，我覺得浪費，順手關上，不一會兒工人又把它們打開，一整天，我們就這麼賭氣似地開開關關。突然間，我哇的一聲哭了。離開桃園機場出境櫃台時，隔著玻璃，爸媽和男友U紅了眼眶，而我卻掩不住出國的興奮，開心地與他們揮手告別。隔了三十六小時，我才意識到我已經離開那熟悉一切，分離的不捨和此刻的不安化成止不住的淚水。

眼前是溝通困難的陌生人，人生接下來還會遇到哪些人？

白人、拉丁美洲裔、黑人、印地安人、亞裔，以及各色的混血人種。拉丁美洲裔人極多，有白人血脈，但五官輪廓極深，年輕時身材健美，年紀大了身材就像一棵聖誕樹。我的室友，不幸在年輕時就胖了一點，洋娃娃似的臉孔，個性頗溫和。但是每次男朋友來找她，兩個大個子擠在單人小床上，我還是擔心那床會垮。他們倆小心地盡量不發出聲音，隔天早上還會帶著歉意地幫我買早餐。

大部分的時間，我其實睡得很好，只是擔心那張床，於是住了一學期，我便搬到單人房去了。

第一個學期，幾個男生追過我。中國大陸人、越南人、台灣人。台灣的男生我不覺得有我男友好，一點興趣都沒有。越南人大都已經定居美國了，父母多半是當年越戰逃出來的，在美國社會裡多少身世低微，我也沒興趣。中國留學生感覺就厲害一點，原因是當年中國的留學生還不太多。

有一回，我在超市推購物車時撞上一位老中，他並不生氣，反倒衝著我笑。聊了幾句，才知道他剛從北方的密西根搬到佛羅里達，半個東方面孔也不認識，所以撞到我後一直傻笑。隔天他跑來學校，載我去吃早餐，我們便算是開始約會了。

但不知道爲什麼，我總不習慣他說話的口音，還有動不動就說：我們中國如何如何。眞不知是太自信還是太自卑。聊起旅行，最得意的事竟是住旅館時在床上放上一元小費。「哈，那服務生可開心了，巴著我的房間不讓別人收拾服務。」在美國大家都會放小費的，我心想眞是個土包子。

不過大陸人因爲文革破了四舊，倒是很不大男人了。一放假就開車帶我去他家，燒菜給我吃，我喜歡他這點。接著我們不是去海邊游泳，就是帶著獵槍到附近林地裡練習射擊。

這是我第一次握到眞槍，把子彈一顆顆裝進了彈匣，不像高中時戰鬥營的那種遊戲，雖然我練習射擊的是空的可樂瓶或是酒瓶。有時我看著他拿槍瞄準瓶子的側影，總感到非常陌生，空氣裡飄著危險的氣息，即使我們說的是同一種語言。

到海邊，因爲我不太會游泳，多半只是穿著泳衣在沙灘上曬太陽。下海的時候，他讓我躺在他的身上漂。我知道他享受著我因爲浮力而減少的重量，以及海水流過我們身體縫隙的濕滑感覺。

射擊、做菜、游泳之外，我和一個大陸來的工科男生能聊的東西實在太有限。

後來他約了我幾次，我都推說寫作業。有一次，他約了他的老外同事和我，要我再找一個女同學，四個人一起去城裡最大的跳舞酒吧。在熱帶婆娑雨林造景的森巴舞池裡，我故意拉著他的同事跳，把他留給另一個女同學。過了寒假，換宿舍時，我沒給他新地址，大陸男人總算知難而退了。

●

搬家之後，新宿舍水藍色的床上擺了個粉紅色紙盒子，上面寫著「Gift」。打開一看，原來是廠商提供的贈品：一小盒衛生棉條、刮毛刀、試管香水、餅乾、口香糖……，還有三個保險套。

才放下盒子，我的電話就響了。是阿莉打來的。「Hello，陳蕊，美國人果然很放浪啊，住校的禮物還有保險套哩。」

「喔，對啊，我還在研究為什麼送三個？」

「為什麼上學期沒有這份禮物？現在是祝福我們已經漸入佳境，所以送我們每人三個保險套？」阿莉始終對性的話題很感興趣，話匣子打開就停不了來，我反正無聊，就和她嘻嘻哈哈胡鬧。

我和阿莉是同一學期就讀MBA的同學。學校裡的亞裔學生不多，我們和中國來的、香港來的、泰國來的、日本來的學生都還不錯，但是整天泡在一起的，還是台灣的留學生，特別我和阿莉又是同系所。

阿莉爲什麼來這裡讀書？我沒問。她剛畢業，聽說在校成績很好，拿書卷獎，大概是沒什麼工作經驗，讀中文系，所以能申請到我們這所大學的企管研究所已經很不錯了。同屆還有些年紀更大的同學，背景像謎。有人說自己是大企業的高階主管，有人把老公、小孩都留在台灣。阿莉單純多了，我們像綠野仙蹤裡的桃樂絲和獅子，無端漂流到異地，只好相依爲命。

阿莉頂著一頭咖啡色鬈髮，眞像獅子，同時也算是個胖子，卻老愛穿低胸的上衣、超迷你短褲，蹬著細跟高跟鞋。她特別愛說那檔事，男生走過去時，她會猜對方那話兒大概有多大，上床幾分鐘會結束；女生挽著男生走過來，她會觀察女生走路的姿勢，說人家腳外八，走路開開，八成整天都在做愛，「幸福的哩！」她總是這樣跟我眨眼。

性事，在女生之間始終是種隱諱，特別是正經的女孩子。除了公開同居的戀人，誰和誰有一腿，一切只能靠臆測。彼時台灣的演藝圈離我們很遙遠，好萊塢的八卦太暴露，阿莉愛聊的古怪話題，成了我們打發讀書苦悶的下流趣味。

「如果三個都用不完怎麼辦？」我繼續和阿莉瞎抬槓。

「那就拿來當氣球吹囉。」

其實除了胖，阿莉長得也不算恐龍，斯斯文文，笑起來頗甜。只是她說話大膽，見到靦腆的男生有時會故意在對方身上磨蹭，十足的豪放女。那些男生往往也只能苦笑。不知爲何，她越是那樣，我越是直覺：她是個處女！百分之九十九！

阿莉其實暗戀著一個日裔的台日混血兒。竹竿似的身材，頭髮好像從沒梳過，可是阿莉說他長得像反町隆史，超酷。混血兒名字叫清一，美術研究所的。阿莉又說，日本人如果來台灣工作，都是住在天母或敦化南路。

「哪有一定啊？那也要看他要不要來台灣，還有做什麼工作。」我冷冷地說。但阿莉還是笑，像花那樣前後擺動地顫笑：「會啦會啦，愛上了就會。」我突然知道阿莉來美國讀書主要是在想什麼，雖然那一點都不可笑。

暑假來的時候，爲了早點讀完書回台灣，我選了暑期班的課。阿莉說想回台灣，一年沒回去了，想念那裡的親人和蚵仔麵線。臨走前把房間整理得很乾淨，鑰匙交給我，還把床墊扔了、床單換了。

打開了阿莉的房門時，房內還瀰漫一股濃郁的「毒藥」香水味。我開燈，帶清一走進房裡，他顯得有些難爲情。

「沒關係，阿莉人隨和，她說反正你還沒找到新宿舍，她回來之前，這房間空著也是空著，就先借你住吧。」說完話，突然一陣靜默，我只好呆呆地盯著他的亂髮直看，總覺得清一這頭亂髮住在如此香氣的房裡很不搭。清一抓抓頭髮，問我要不要留下來聊聊天，這幾天學校沒什麼人了，覺得悶。

手錶指著八點，時間還早，我想想沒事，坐下來和他聊天。清一寒暄了幾句，便說起自己和女朋友感情出了問題，不知道可不可能重修舊好。我想起過去的男朋友，卻記不得他身上的味道，感覺這人慢慢在空氣裡蒸發了。

眼睛掃過書桌的角落，開學初發送的粉紅色Gift紙盒，阿莉還把它擺在那裡，或許是恍神的緣故，我緩緩地將盒子打開。保險套還在那裡，卻只剩下一個。其餘兩個哪裡去了？尋思這個問題，我下意識拿起剩下的那個保險套。清一突然停止說話，我才發覺自己做了古怪的舉止。

「十點了，我該走了。」我漲紅著臉，草草地將話題結束，起身離去。

隔天起，吃過晚餐後，清一開始來找我聊天。

清一的話題大多圍繞著他的女朋友，女朋友喜歡吃什麼、穿怎樣的衣服、聽到那些笑話會笑，他和我說話，眼睛卻彷彿凝視著另一個星球。每當看著他空洞的眼神，我總覺得胸腔裡似乎有個洞也被打開了。

清一把女友的照片收在一個漂亮的木盒子裡，我看過其中幾張，是個拉丁美洲裔皮膚稍黑的小美女。

清一心情不那麼壞時，會和我聊畫畫的事，拿他的畫給我看，也問我平時喜歡做些什麼。我說自己想寫點小說，但遲遲沒動筆。他也會耐心、專注地聽我想寫的一些故事大綱。在這些時刻，空氣中飄散的孤寂，似乎暫時得到了紓解。我喜歡跟清一聊天時的感覺。

有一晚，清一像是喝了酒，丟了一塊卡帶給我。

「Gun N' Roses，聽過他們的歌嗎？」

我點點頭。

「他們去年到東京開了演唱會，真可惜沒能去。我女朋友超愛的。妳聽聽看這專輯，《Use your Illusion Vol.1》。」

卡帶放A面，第一首是〈Right Next Door To Hell〉。很吵的鼓聲和貝斯開場，接著是嘶吼的嗓音……

「太快也太吵了，聽不懂。」我苦笑著。

清一拿了張紙，把歌詞抄下來給我：

I'll take a nicotine, caffine, sugar fix

Jesus don’t ya git tired of turnin’ tricks
But when your innocence dies
You’ll find the blues
Seems all our heroes were born to lose
Just walkin’ through time
You believe this heat
Another empty house another dead end street
Gonna rest my bones an sit for a spell
This side of heaven this close to Hell
Right next door to hell
Why don’t you write a letter to me yeah……

（……
另一個空房子、另一個無尾巷
我要歇個腿並且坐一會兒
天堂的另一邊緊靠著地獄

就在地獄的隔壁

妳為何不寫封信給我啊……）

隔天，清一的生物時鐘顛倒了，早上不到八點便來找我，門一開，他身上的酒氣像浪一樣襲捲而來，嗆得我都醒了。

「她和那個坐過牢、賣過毒品的老黑鬼走了。她怎麼那麼沒大腦，怎麼會這麼蠢？」清一很激動，說完，把雙手插入髮中，使勁抓著頭髮，彷彿要將自己的頭皮給掀起來。

老邁陰沉的黑人、小麥膚色的拉丁美洲女孩、公路、古柯鹼，照片上的、電影看來的，一幕幕在眼前閃過。而清一的身世、他和女孩相識的過程，像是被導演剪掉的膠片，靜置在幽暗的垃圾桶裡，似乎更讓我好奇。

我盯著清一手背上浮出的青筋，慢慢伸出手放著他的左手手背上，五秒後，他的右手反扣住我的手，張著無助的眼神看我，緊壓著我的手，彷彿我是即將安慰他的聖母瑪麗亞。

「所以，是這個原因，你和阿莉上了床？」說出這樣的話，連我都被自己吐出的寒氣嚇到了。

「沒有！妳在想什麼？胡說什麼啊！」清一提高了嗓子，眼珠子都凸了出來，說完，轉身就走，踏在草上的步伐，發出窸窣的響聲。

暑假也差不多結束了。

阿莉從台灣回來，還是像花癡一樣整天看著男人笑，有事沒事就往男人身上倒，我看她那副浪相，終於按捺不住作嘔的厭惡感，尖銳地試探她：「保險套用了兩個囉，不錯喔！」阿莉愣了一下，一反之前豪放女的神情，帶著有些詭異的鎮定：「那個啊，我在宿舍太無聊，聽說保險套可以撐得很大，便拿來灌水試看看，眞的很能ㄍㄧㄥ，ㄍㄧㄥ到有兩個足球那樣大，我就拿針把它刺破，水就這樣嘩啦啦地洩了一地。」

「連刺兩個？」

「嗯，一個還先當氣球吹，然後再灌水。」說這些話時，阿莉一直背對著我。我看不到她的表情，也沒回話。

停了一會兒，阿莉像是被蜜蜂叮到似的，突然跳起來。「清一說的是眞的嗎？」「是，我們是做了，連著兩次。很痛，沒有太多潤滑。」

來不及了。沒回話時，其實我正思索著換個話題，但只是差了那麼幾秒，一切就像擋風玻璃裂開那樣，嘩啦一片，完全來不及了。

同時間，我和清一走得近的事，像漏了氣的氣球，在同學間竊竊私語著。所謂的八卦。但我對此漫不經心，既不避諱，也不在乎。

秋日黃昏，我和阿莉一同下課，影子將我們拉得好長好長，感覺非常不眞實。風一陣陣吹來，很涼，帶刺。

阿莉像是事先準備好的，突然說出如刀一樣的話：「妳知道別人怎麼說妳嗎？說妳是浪女，沒男人睡就不行，不管愛不愛，都可以。」

「誰說的？」

「很多人。」阿莉說這話時嘴角牽了一下，表情木然，聽不出「很多人」這三個字是憤怒還是怨恨，是眞的還是假的。

或許是我和中國大陸男人交往的那段短暫過去被傳了出去吧？我在心裡輕輕地嘆了口氣。但是我拒絕繼續臆測這些話是誰說的，也拒絕吸入阿莉話裡的毒氣。

「這不是眞的，我也不在乎別人怎麼說。」我跨開大步，影子和阿莉越拉越遠。或許很多事，我們一開始就沒有交集。

只要在兩個女人之中放置一個男人，一經攪和，過去與未來混在一起廝殺，不同類的女人，在彼此的眼中，恐怕對方都是賤人。

過了一陣子，我開始和清一在一起，一切如同八卦所預言的一樣。或許，這讓大家都鬆了一口氣吧。

那學期校園裡死了一個女學生，有人混進雙人房宿舍搭訕女生，接著尾隨她到停車場，開槍殺了那女孩。

我第一次意識到美國校園是如此危險，就像那些電影一樣。清一這個時候開始每天護送我從電腦房回到宿舍，晚上也順便留在我的房間。兩個人開始擠在一張單人床上。他開始一盒又一盒地買起保險套。

和清一在一起後，寂寞感消散了許多。異鄉的寂寞感，有時眞的需要體溫來抵抗。清一不太提起前女友了，我也快忘了前男友。

寒假來的時候，我和清一搭著灰狗巴士，花了三十幾個小時，一路從南到達紐約。有錢人都搭飛機去了，巴士上全是黑人，還有看起來落魄的白人、亞裔學生。巴士開進紐約時，最先看到的是日本SONY的大招牌，我不無欽羨地看著身旁熟睡的清一。但彼時日本的泡沫經濟已經結束了，小泡泡一個個破掉了，迎接清一回國的，是持續蕭條的日本經濟。

我們最後一次的旅行是到紐奧良，因爲清一喜歡畫畫也喜歡爵士樂。這個老舊而頹廢的城市，對我們兩人而言都是天堂。白天我們逛熱鬧喧囂的French Market，晚上我們在酒吧裡喝雞尾酒聽爵士，及時行樂吧，我們都知道這一切很快就要過去了。

結束這一切，各自回家鄉的前幾天，房間裡彌漫著一股焦躁不安的氣氛，未來的一切似乎都讓人看不清楚。我在廚房做菜，油煙突然嗆得我不耐煩，隔著炒菜和外面電視的聲音，我淡淡的問清一：「之前到底有沒有和阿莉上床？」

或許雜音太大聲了，他似乎沒聽見。我又問了一次。

開飯的時候，清一坐下來不久，才突然開口。

「嗯。那天我喝了酒，阿莉穿著紫色的低胸睡衣，昏昏沉沉中，她像黑影一樣壓了過來……」

「喔。」我停了一下，「於是，你們做了兩次嗎？」

「怎麼可能啊？」清一張大了眼，之前平靜的口氣霎時冒了火，彷彿遭到恥辱的誣陷。「是阿莉主動的好嗎！……我只是一時衝動，而且當我發現阿莉是處女時，人都呆了，突然覺得整件事很荒謬，妳想，我怎麼可能連做兩次？」

一個保險套就這樣消失了？

離開美國之前，我清理自己房間，想起阿莉房裡被她扔掉的床單和床墊，突然看到那個被我遺忘在水藍床底下的禮物盒。我拿起一個沒開封的保險套，撕開包裝，想知道保險套是不是真像阿莉最初說的那樣：吹了氣、灌了水，拿針來刺，水就會嘩啦啦地洩了一地。

九、On the Road　　S君

打開房門的時候，這姑娘突然生氣了。眼睛瞪大，氣鼓鼓地，像是上當似的。奇怪了，剛剛開車的一路上，我們還有說有笑。

「就一張床？一張雙人床？」

我感到無辜，聳了聳肩。當初我說可以載她一起旅行，她好開心，難道不知道這是一種邀請？「是一張床啊，哪裡不對嗎？」

「當然不對。哪有這麼快的？當初你說你也想去L.A.，我以爲你只是想追我。我們會有一段浪漫的旅行。或許後來我會想要，但不是一開始就這樣。」

她顯得很洩氣，好像我破壞了她的浪漫想像，蹲坐在門口，不肯進到房間。

「那妳想怎樣？」或許男女大腦結構不同，我也有點惱火了。

「換兩張單人床的房間！」

寒假開始，我的大陸室友到東岸旅行，剛好她的一個朋友也學期結束，從波士頓來到舊金山，兩人交換房間一個月。我的室友長相安全，安全到我在台灣的女友也不擔心，沒想到現在卻來了個落落大方的正妹。白天她自己一個人搭巴士、搭街車，帶著一張地圖和小筆記本，自由自在一個人在市區四處走走。晚上回到住處，難免打個招呼，她幾乎都自己打點吃食，就像一般在美國的留學生一樣，即使同一個屋簷下，彼此也各自獨立，互不打擾。但畢竟放假了，我也沒事，公寓裡剩我們兩個，偶爾便約她一起上館子吃飯，各付各的。舊金山畢竟華人多，吃的東西也多，算是盡點地主之誼。

我問她去過哪些地方：金門大橋、九曲花街、pier39漁人碼頭、中國城、金門公園，也去了聯合廣場等地方壓馬路買衣服。了不起的是她還自己一個人搭市區旅行社的遊覽巴士，一個人到了優勝美地（Yosemite）和赫氏古堡（Hearst Castle）。一個是鬼斧神工、令人心曠神怡的自然美景，一個是嘔心瀝血、極盡奢華的人工古堡。我問她比較喜歡哪裡？「哪一個比較美第一眼實在難說，但是優勝美地的景色讓人好舒服，這時瀑布結冰了，像白絲綢掛在山間，四季恆常久遠，似乎更勝一籌，相較起來，古堡的主人在建築完成之前就過世了，大理石柱與金磚泳池，反像海市蜃樓。」女孩自顧自地說著：「但是赫氏後人把古堡捐出來，倒也見證了一九二〇年代資本主義興盛與美國夢的美好時光。」

而我們這些人，不管來自中國大陸還是台灣，多少也是嚮往美國的自由民主與資本主義的繁榮而來，不過此刻，我偶爾也覬覦女人穠纖合度的肉體。更何況我又遠離女友，單身在異鄉。女孩有著一雙看起來經常步行的長腿，有點像是北方姑娘；臉倒是圓潤白皙，像是江蘇一帶的女孩。我問她府上哪裡？她說：湖南衡山。呵，挺武俠味的。

「那我在妳『上面』，我老家湖北武漢。」

她睇了我一眼，「你去過嗎？」

「沒。」

「想去看看嗎？」

「想，湖北湖南都想看，還有洞庭湖也想。」我不知道她有沒有聽出我一語雙關。

她坐在客廳沙發上看電視影集。我陪她看了一會兒，順便介紹她幾個沒去過的地方。「妳可以到太平洋高地，搭公車就可以到了。那裡是全市最貴的住宅區，由於位處高地，所以可以看到全舊金山市的全景，短暫享受一下上流社會的感覺。妳也可以往南，去Santa Cruz。這個小城沿著海岸，美麗的小店林立，有機農業興盛，有如世外桃源，或許妳也會喜歡。」

後來這個湖南姑娘都去了，她說她喜歡Santa Cruz，海風、小店、陽光與比較悠閒的步調。太平洋高地的豪宅，有一點點搆不到邊。

大概是一個月的時間太久了，舊金山能去的地方她都不只去了兩次。優勝美地、大峽谷、阿斯維加斯全去了。參加旅遊團固然不貴，一兩百美金就可以打發，但是盤纏也快用完了。我問她還想去哪？她說：「L.A.。但不知道該找誰帶路。」

這簡直是個暗示。

「那不如我帶妳去吧？我也好久沒去L.A.了。我開車，沿途也有不少風景，17-mile Drive、Carmel小鎮……，洛杉磯固然沒有舊金山漂亮，但既然來到加州了，確實應該去看看。」

她幾乎高興地跳了起來，直呼我是個好人。

我回到房間，火速查好旅館，訂好了日期和房間。當然是雙人大床，不然咧？要不是因爲只是學生，我還想訂有按摩大浴缸的房間呢。

方才17-mile Drive一路上風景如詩，Carmel小鎮每一間咖啡館、糖果屋，還有石板地，都跟童話故事裡面的一樣，正是陽光美、氣氛佳，不正好孕育這接下來一段歡暢愉快的性愛嗎？

「追妳？小姐啊，我不是不喜歡妳，但不是妳想的那樣。我們聊天的時候，我說過我有女朋友，在台灣等我回去。妳說妳也有男朋友，還留在中國。」

「唉，但也不是你想的那樣，他不是說出來就馬上能出來，我暫時也不想回到中國。所以我才以爲……」看來她眞的不像臨時反悔，難怪一路上那麼開心。「唉，算了。你到底要不要換房間？」

「我問過Reception了，他說沒房間。妳先將就一晚，明天之後的旅館，我就試著都換成兩張單人床。」

還好沒房間可換了，但有我也不想啊。實在是夠洩氣的，剛剛進旅館時還硬起來，現在也軟下來了。

一九九〇年代初期，台灣比中國繁榮進步許多，大陸留學生固然也多了些，但六四之後的壓力氣氛還在。我站在這個湖南姑娘的面前，除了身高之外，確實也覺得自己高她一等，儘管大陸地大物博，小時候讀地理以及聽爸媽說起，多少有些嚮往。

和一個年輕女子躺在一張床上，要壓抑自己的性慾就像是用手指頭去堵住堤防小洞一樣困難。只好躺著回想剛剛那一段美好的公路旅行。女孩的側臉很精緻，小嘴、小鼻，嘴邊還有一顆若隱若現的小酒窩。樸實簡單的直髮，反而增添幾分性感。修長的腿就裹在緊身牛仔褲裡，中間夾著一片神祕潮濕的叢林，上半身穿著一件合身的黑T，胸部有時隨著車子的晃動而跳動著。穿著打扮也不像台灣女孩那麼時髦，但就像我說的，也許是年輕加上好身材，越是簡單樸實，越有一種隱藏的性感魅力。

她的眼嘴倒是讓我想到了陳蕊。升大三那年，我也約了陳蕊來一趟公路之旅。巧合的是，從新竹到台中，中間那段最美的旅途也叫十七里海岸線。彼時我騎著野狼，沿途的風景，除了海岸的自然美景，一切都太過簡陋陽春。現在我開著車，雖然只是一輛二手的Honda，但沿途的小鎮建築如夢似幻，結束了此地的課業，想必有更多的企業向我招手，感覺模糊的美好前程也不遠了，說起來也是一種人生的躍進。

當時我約陳蕊，其實想的也是同樣一件事。但她好像並不知道。雖然騎機車，身體接觸的機會更多，可是陳蕊總是坐得很直，偶爾轉彎時，陳蕊小小的乳房會貼在我的背上，但也僅僅那麼一下子，每一次都像蜻蜓點水。

那個時候，我已經有女朋友了，到現在為止，都還是同一個。也說不上是專情，只能說我更相信命定，都在一起這麼久了。

認識陳蕊那年，我跟女友才相戀一年，難免還是會三心二意，更何況我感覺得出來陳蕊喜歡我，所以才約她出來。可是怎麼說呢？陳蕊看起來太乖、太青澀了，我怕她還是處女，萬一弄出什麼問題，兩女一男的三角習題恐怕是自找麻煩。旅行的第一晚，陳蕊就住在我台中的家裡，理論上是很容易下手才對。我在她住的客房裡聊天，看她拉著被子蓋在身上，聊了一兩個小時，聊了什麼我一點都不記得，只記得我強忍住撲過去的念頭。倘若，倘若當時陳蕊伸出一隻手來拉著我，把我的手拉進她的被窩，也許結果就不一樣了。但結局大概會傷害其中一個人，我終究冷靜下來回到房間。

也許是長大了，加上在美國也有一夜情的經驗。有一回在酒吧，我搭訕一個有著一雙美麗棕眼的亞裔女孩，後來她似乎是有點醉了，趁著酒意，一隻手就伸過來摸我的胯下。還能等什麼？天雷地火，我們在停車場就幹起來了。人在異地，這種露水姻緣的機會也就很難抗拒了。

我非常著迷於女人在我耳邊呻吟，非常著迷於在女人的身體裡用力衝撞，非常著迷於女人做愛時迷離的眼神、高潮時的抽蓄，非常著迷於做愛時性器所發出的氣味，非常著迷於各種液體從孔洞裡流出，然後和在一起吞下。只是現在這些關係離愛情更遠了。

現在一個湖南美女就躺在我身旁，棉被底下是她姣好的身軀。Fuck！我爲什麼要這麼君子？我想了一會兒，看到她居然安心地在我身旁睡著了。這種感覺非常幹，但我也累了，慢慢不知不覺地睡著了。

接下來的事，實在不能怪我了。早晨起來，你知道男人身體的自然反應，絕不像昨晚那樣洩氣。我試著親吻身旁的女孩，伸出一隻手，放進她的睡衣裡。她嚇了一跳，好像來不及抵抗，也或許是還沒有什麼力氣，掙扎了兩下，像一隻擱淺的魚，沒多久，就任由我擺布了。

爲了接下來的幾天都能順順利利，我試著用最大的誠意討好這個女孩，舌頭伸進她的蕊心，舔吻敏感的蒂頭，花很長的時間吸吮她的汁液。慢慢地，她像一條氾濫的河流，發出長長的嘆息，身體開始顫抖與收縮。我也發起狂來，不斷地深入她的身體。我將她翻過身來，將力量一拍一拍地壓進她的內裡。我試著用各種姿勢，折騰到底。最後，我看到我身上流出的液體，像露水一樣，撒在她的乳房和柔毛之上。

我征服了她的身體，就像征服了一座小小的山丘，汗水弄濕了床單。

我問她舒不舒服？她沒說話，好像在思考什麼問題。接著翻過身去。

我也從高潮後的歡愉中慢慢平復，心想我的第一次「兩岸交流」經驗竟然是在第三地的美國發生了。

接下來的幾天，她像是開竅了。她說她明白我和她之間不是愛情，雖然她覺得洩氣，感覺沒那麼好，但至少身體還算歡愉。「我認了，就當成是一場性愛旅行，畢竟我也不想把旅行的氣氛給弄壞了。」

我正好求之不得。接下來的每一天，開始一點一點引導她解放，展開探險。

我到現在還是無法忘記那一趟旅行，也許是我和女友交往以來最大的背叛。我盡其所能地讓湖南女孩感覺到歡愉，而不是誤上了賊船。我能夠多做幾次，就盡量不只射一發。

但我也請求她滿足我一切的幻想。我請她在餐廳用餐時不著內褲，像當年火紅的電影《第六感追緝令》裡的莎朗史東一樣，時不時打開她的腿，讓我的眼睛也能同時飽餐。我看著她的臉微微泛紅，但又很配合我的要求。連我自己都覺得自己是了不起的教練，滿腦子奇思幻想，而她是優秀的體操學生，乖巧又柔軟。

最刺激的一次，莫過於我們在高速公路上，當時路上剛好車子不多，我要她趴下拉開我的褲襠。她眞的這麼做了。我一邊享受著開車的速度，一邊享受她含著我那根，舌頭在我的頂端上旋轉。那眞的很棒，實在太棒了！接著剛好有一輛卡車開過，我刻意與他並行。司機是一個白人藍領，也許是拉丁美洲裔。我按了兩聲喇叭，打開窗子。我不知道這算不算對西方世界的一種叫囂，還是當時只是精蟲衝腦。接著我們開下高速公路，拐進了一家汽車旅館。

結束之後，她坐在梳妝台的鏡子前，裸著上身。我不記得她的名字了，但我到現在還記得她乳房的形狀。不算特別大，但飽滿，乳頭微微向外，翹起。大概是東方女性中，偏大的那一型。她看我盯著她的胸部，問我：「好看嗎？」

我點點頭，走過來，從她背後，用雙手輕輕包覆著。其實我沒眞的親眼看過西方女人的，但我相信東方女人的好看。這時我的性器，正好摩擦著她的頭髮和背脊，沒一會兒又硬了起來。她轉過頭來，含著我的性器，溫柔撫弄，再一次將自己展開。再一次，我們抵達彼岸。

「你讀過Jack Kerouac（傑克・凱魯亞克）的《*On the Road*》（旅途上）嗎？」女孩躺著，看著天花板說。

我搖搖頭。

女孩是讀文學的，英美文學。她說書裡有個角色叫Dean（狄恩），對狄恩來說，性愛才是生命中唯一神聖和重要的東西。

我沒回話，不知道她這話算不算讚美。我問她：「那妳呢？什麼才是生命中神聖和重要的東西？」

她想了想，有點認眞地說：「找到一個愛我的人，還有希望中國未來強大一點，就這兩件事吧。」

她說無論如何還是謝謝我，至少我一路開車，而且付了旅行的錢。「而且你挺好看的，」她嘆了口氣，翻過身來親我一下，像是告別，「希望台灣男孩都跟你一樣好看，雖然這趟旅行我很失落。」

結束旅行之後不久，女孩也回到了波士頓。我不知道這趟旅行對她的意義是什麼？性慾的開發嗎？我只是希望她不會感到太遺憾，雖然這與愛情無關。但我倒是益發地想念我的女朋友，分別已經快兩年了。我想我是忍不住這麼漫長的分離，越久只會越荒唐，雖然這種荒唐有時很接近天堂。而她呢？還一直在台灣等著我呢。想到這裡，我就覺得有一點對不起她，越覺得她是一個好女人。天生是要配給我的。

十、刺激一九九五

陳蕊

在美國待了一年半，春天回到台灣時，U還在。他還守著我們的感情。

第一年寒假過年，我曾短暫回來台灣，沒提起清一，因爲那時我們還沒在一起。這次回來，U沒什麼變，還是娃娃臉、長睫毛。U以爲我們的感情都收藏在他一次又一次越洋寄給我的信和卡帶裡，沒有褪色與變質。可惜我變了，心不在了，不在U身上，但也不在清一身上。出國一趟，談了兩次短暫的戀愛，一個出去一個便進來，來不及沉澱與消化，心變得空蕩。即使每次戀愛一開始的感覺總是強烈，眼裡容不下他者，但之後就慢慢變淡，然而情慾仍不斷發散，這才明白自己大概要在愛情中不斷遊蕩，從一個人身上飄到另一個人身上，像羅蘭巴特說的——幽舟。這或許又跟彼時工作機會太多有一點勾連，九〇年代的大學畢業生，一畢業就有四、五個工作等著，而一個自認在感情市場上交易活絡的人，或許也該有四、五個候選人。彷彿一切都理所當然。

U回到台北上班了。我們試著和過去一樣約會，但不知道是不是因為場景變了，回到我熟悉的台北，反而失去了在台中時的新鮮感。U不再像是個閃閃發光的漂亮男孩，帶著我在台中到處闖盪的青春男孩。在台北這座大城市裡，他顯得如此平凡。

我始終沒跟U提起清一的事，但他也發現我跟他說話開始心不在焉。我常常沒由來地挑他毛病，嫌他英文不好、嫌他看電影的品味不好、嫌他不會跳舞。吵架之後，U依然期待做愛就可以和好。可是我總會想起清一身上的味道。事實上，這兩個人我都不愛了，但是當兩個人的味道重疊在一起時，只是讓我討厭我自己。

我們吵架的次數多了、和好的次數少了。那一晚，我們又因小事大吵一架，U像是弄壞了玩具後不知道如何修理的孩子，顯得非常洩氣。我安靜下來，看著他，嘆了氣。「我有話想跟你說。」

他深深吸了一口氣，又吐了出來：「我知道。妳想跟我分手了。」

我愣了一下，點點頭，把頭別過去，不想看他洩氣又強顏歡笑的樣子。

那大概是一個戀愛容易、分手也容易的時代。當然你遇到的人要夠善良，沒有人會潑硫酸或苦苦糾纏。而傷害對方的那個人，過得總是比較輕鬆容易。

拿著留美碩士的頭銜，我開始向一家家媒體扣門。可惜人生不順，第一家應徵的商業雜誌，考我對《一九九五閏八月》這書的看法。我的腦子一片空白，竟大膽回答：「剛回台灣，從沒讀過。」但老闆還是多給我一次面試機會，問我有沒有興趣到公司打算新成立的部門，負責新的媒體，做財經電視節目。「妳知道有線電視要開放了，我們除了做紙媒雜誌，也打算試著做電視媒體的節目，目前正在籌畫中。我看妳開朗活潑，或許可以一試。」但怎麼聽都像是候補，想想還不如直接去考一家新成立電視媒體。

面試那天，看著新辦公室裡的物品疊放凌亂，門口掛著X視籌備處的招牌，感覺一切都在建置中。公司的背景沒問題，主管問的問題倒是不多，看看你有沒有camera face？談吐穩不穩健？口齒清不清楚？聊了幾個問題後，隨口就說我應徵上了，日後有機會當主播，回家等候通知。我心想或許是籌備處，所以考試容易些，可是等了半個月無聲無息，最後才聽說是執照還沒拿到，可能還要等上幾個月，那天的面試也就不算數了。

難耐這樣漫長的應徵等待，我只好安分地回到公關界。

和U分手即使無傷無痛，但年輕時仍忍受不了感情的空窗期，就像待業無法等待太久一樣。

大學時代，分手靠選會長度過，畢業後只好靠工作。還好重新上手的公關工作夠忙，加班是常態，也算感情的救贖。

工作忙得天昏地暗，轉眼秋冬將近。一九九四年，台灣首次進行台灣省長以及兩個院轄市台北市及高雄市長直選。固然我對政治不算熟悉，但依舊強過公司裡一些對政治毫不關心的女同事。國民黨執政時期的台北，黨外人士往往被一般中產階級視爲中下階級（例如工人及計程車司機）的支持對象。這些民意代表的脫序行爲，包括動不動衝上主席台搶麥克風，甚至打起群架。媒體聚焦的野蠻、粗俗（許多人操著不標準的台灣國語）印象，掩蓋過他們抗議的議題。

這一年台灣沉浸在緊張熱鬧的選舉氣氛中，所有人見面聊天時談的都是候選人。如果認定該場合「敵人」眾多，我們會選擇閉口不談。彼時公關公司的同事多半外省籍，新黨崛起，幾乎大家都要投給趙少康。曾有客戶請我吃飯，語重心長地暗示我投給黃大洲比較穩當。我笑了笑，在兩個戰將夾擊下，幫看起來憨厚軟弱的黃大洲拉票實在需要一點勇氣。

處在身邊都是「趙軍」的環境裡，感覺自己像個臥底，只有坐上計程車時，才可以譏諷趙先生是「趙一半」，因爲當時他很多職務都只做一半。

我還記得一直到選前一周，我才在一群支持趙少康的同事熱烈討論中，發現一個平時言辭犀利激昂的同事較平時安靜許多，當我們眼神相對時，彷彿心電感應，接著到廁所交談幾句，總算確定在敵營之中仍有「盟軍」。

那年冬天，陳水扁當選首任民選台北市長。票開出來的那晚，我們這些支持者欣喜若狂，紛紛開車或坐車衝到信義路上大安森林公園附近的競選總部前面。馬路上洋溢著（春天的花蕊）的音樂聲，當時興奮的心情遠超過前一年我在紐奧良參加的Mardi Gras狂歡節，只差街上的民眾沒有脫掉身上的衣服以及當眾擁吻。

我們相信台灣的春天眞的來了。

台灣當時有一半人處在民主改革與進步的熱切期待中，另一半人則略顯焦慮不安。李登輝這個當年據說在蔣經國面前椅子總是只坐一半的副總統，因緣際會已經當了總統六年半了。這位既英明又像是叛徒的總統，政治手腕比許多人想像的高明難測。繼解散萬年國會、推動省長及院轄市長直選之後，他更要推動總統民選。種種政治劇變才會出現《一九九五閏八月》的戰爭預言。這書據說在一九九四年狂賣了三十萬本。

預言彷彿即將成眞，一九九五年夏天，中共開始對台灣試射導彈，不少人開始準備移民。

也許是天眞，也許是剛回台灣不久，語言與文化的隔閡以及次等公民的感受，讓我知道美國並非我想要長久居住之地，如鮭魚逆流，一心只想回台灣，且始終相信這個島嶼不會被打沉。

公司裡的客戶也不停增加，市長直選了、有線電視也開放了，接著終於可以選總統，種種不都意味著更美好的未來？

一九九五年，我們手頭上的客戶也越來越多。最讓人振奮的大客戶大概就是微軟。因爲這一年，微軟推出了新產品，一開始同事拿到的資料，產品的代號叫做「Chicago」，我們也弄不清楚它哪裡厲害，只知道總裁比爾．蓋茲爲了這個產品將親自來台。經過一些時間，這項產品在推出之前終於正式定案命名爲「Windows 95」，我們只知道產品最大的改革是「plug & play」，不必打任何指令就可以「即插即用」，一開機就標明了「Start」（開始）的啓動按鈕。

公司爲了這位全球首富的到來忙得天翻地覆，記者會那天，幾乎全公司出動，我站在凱悅飯店一樓記者會的門口接待記者，看著並不特別高大俊美的比爾．蓋茲低調微笑走過我的面前。巨星看上去如此平凡。我並不知道眞正使全球天翻地覆的是，網路時代也正式Start了！

沒多久，Windows 95強大的行銷公關宣傳，配合著滾石樂團的歌曲〈Start me up〉全球展開攻勢。"If you start me up, If you start me up, I'll never stop." 在如此強大的宣傳魅惑中，每個人都蠢蠢欲動，許多人根本還弄不清楚Windows 95是什麼，便跟著排隊搶購軟體。

除了原本就需要廣告與公關的一般消費商品、精品的客戶，我們又多了許多高科技客戶、醫療客戶……台灣的經濟依舊蓬勃，百業齊鳴，我們手上的客戶也就應接不暇。加班到昏天暗地時，我突然異想天開地期待愛情也可以速食。像開車到麥當勞的「得來速」一樣，指名需要品項，點完就可以取餐。

沒有男朋友大約半年了，這半年偶爾還是感到漫長。和同事到ＫＴＶ，只要點唱八點檔主題曲，就會被取笑平常晚上沒約會。周末還會準時收看兩性交友的電視綜藝。彼時男女婚友聯誼的節目突然火紅了起來，甚至還蔓延到報紙。

早幾年，某位女小說家在報上刊載了一則徵婚啓事，最後還將這幾十位男士寫成一本小說。婚友聯誼節目和《徵婚啓事》突然啓發了我的心智。談戀愛非得要等待那些偶然與巧合的邂逅嗎？

有一天，我在公司翻報紙找客戶新聞露出的瞬間，留意多看了某份晚報周末的「同心橋」專輯版面好一會兒。一連看了幾周之後，我決定寄出我的徵婚啓事。

「女：碩士，任職傳播業，相貌清秀、個性溫和，偶爾迷糊。喜歡閱讀與電影，以及思考有趣的人與事。身高160，體重49。期望與善良、幽默、有赤子之心，大學以上程度，個性獨立、經濟獨立，身高168以上的男士為友。」

最後那句「身高168以上」，是因爲報社打電話來，問我：不設定一點外貌等具體條件嗎？我想了想，即便在乎外表，但是五官很難具體規範，於是加了身高限制。

我的徵友訊息隔周在報上刊出，上面只有編號，連爸媽都不知道。等待的時間一點都不漫長，再隔一周，我的人生收到最踴躍的一批信。

A

姓名：×××　年齡：××　學歷：碩士　職業：工程師　身高：175　體重：××

興趣：籃球、棒球、音樂、漫畫、小說、電影、電玩。

特點：善良、幽默、有赤子之心，大學以上程度，個性獨立、經濟獨立，**身高168以上。

自我簡介的部分盼妳能滿意。

自從身邊的人大都結婚生子，自從拜訪朋友均得被迫欣賞結婚、小孩照片時，自從假日只能一個人對著電腦下棋、打牌，自從再也組不成team跟人鬥牛比賽時，才發現以往的朋友結構正迅速改變中。我這異類，不得不另尋出路，另闢天地，於是認識新朋友便是首要工作。

對於這種認識方式，感覺上好像在應徵工作。有些期待、有些緊張，當然最重要的是希望能給我再做詳細自我介紹的機會。期盼妳的訊息。

B

妳好，

寫此信或許是巧合吧。在這泡湯的國慶日、颱風夜窩在宿舍裡看報紙、寫寫信，或許能打發此漫漫長夜。

於情人看報專欄看到妳的簡介及徵友條件，引起我的好奇心。關於妳的個性及外貌，若如專欄所描述，應該是追求者眾多，令人心動的女孩。雖然本身條件與妳徵友條件不盡相符，但也不想錯過這機會，希望藉此信多認識一個朋友。在此也將我介紹給妳：

×××，台中人，××年次，×大博士生。個性樂觀、隨和，喜歡運動、電影。缺點：懶散、幽默感不足，身高：四捨五入後168公分，至於相貌因人感受而異，還算端正。

於專欄中，也感覺妳對生活有一番品味，若有機會，彼此再進一步認識。……

C

73030小姐，

看到妳在同心橋上的訊息。其實我也是同心橋的會員，一年前透過報紙也認識了幾個女生，但是不甚合適，看到妳的資料後，很想與妳相識。我目前是自行開業的耳鼻喉科醫師，家住台北市×××路，……。

我希望可以找到一個談得來的朋友，希望有緣與妳相見。（附照片）

D

7 3 0 3 0小姐，

妳好。看到妳報上的自我介紹，覺得蠻有趣，兩三筆就勾勒出一位蕙質蘭心、內外兼具的時代女性，讓人想一窺廬山真面目，不愧是傳播高手。許多年前我買了本性格測驗的書，書上說我……（信長四頁，有點囉嗦，還附上照片）

E

我於民國××年出身於台南新營，祖先先農後商。家裡有三個哥哥、四個姊姊，都已經結婚，生活美滿。

我於××年就讀××國小，在校期間成績尚可。國中時不愛讀書，成績很差，後來低分考入××高中，開始發憤圖強，考入××大學。……退伍之後又進入××大學管理科學研究所。……目前任職於軟體公司，為資深的專案經理。

我喜歡過平淡的生活，有點完美主義。……（另附簡歷與照片）

F

編號7 3 0 3 0的小姐妳好，

在台灣，台北市擁有二百多萬人口，可以說是全台第一大城，理論上，適婚年齡的男女在這裡應該擁有更多選擇機會才是，但是忙碌的機會卻讓彼此接觸的可能性大大減少。而都市的冷漠也使人與人之間的距離越來越遠。人們也都本能地武裝起自己，以期在變動的社會中不受到太大的傷害。在感嘆知己難覓之餘，「西雅圖夜未眠」裡的情節，也就成為一種遙不可及的夢想了。……言歸正傳，我叫×××……

G

73030小姐，

收信愉快，從報上同心橋專欄看到妳的訊息，令敝人心中泛起一陣漣漪，極想與妳認識，為表達誠意，特附本人陋照一張。

敝人姓王，大學××系畢業，身高180公分，任職某機構。……

p.s.

1. 因敝人工作均以電腦作業處理，故以電腦代筆，絕非誠意不夠，希能見諒。
2. 本想將敝人的全名和更多DATA告知，但怕這些基本資料被您淘汰掉會令敝人難堪，希望給敝人更多表達機會並給予回音。
3. 如有更好的選擇，懇請將信、照退回，謝謝。

H

妳好，以下是我的資料……

職業：不動產仲介。身體有點粗壯，相貌端正，好相處。

另外，我有點好奇，關於《一九九五閏八月》這本書妳看了嗎？是否願意與我分享？若尚未看過，請來電告知，我願意送妳一本。若妳已經看過了，也有興趣討論，請我與聯絡。

我叫×××。

願　相見恨晚

雖然報紙幫我們過濾了應徵者的身分資料，但我還是淘汰了那些用電腦打字，並且太過防衛以至於沒有附上全名的男士，比如G。也篩掉了要跟我討論《一九九五閏八月》的H。還有跟我報告他從小到大求學經驗的E，以及幾個信寫得太簡短，或是說自己生活單純規律的男士。

大約過濾掉一半的應徵者，我開始一個個約出來「面談」。大多只見面一次，就知道彼此有沒有興趣交往，只有一個太過樂觀，仍不斷寫信並跑到我的公司找我，我不勝其擾，說以後不方便見面後，他才知難而退。

見面的人數慢慢縮小，像是晉級賽，直到剩下C，那位耳鼻喉醫師。而且這一切眞的跟得來速一樣，他很快判定我是他理想的對象，跟我求婚。

離訂婚和結婚的日子都還有一些時間，C先生在各方面都呈現他是一個好男人，事實上也是一個生活單純規律的男人，至於他的幽默感可能是表現在喜歡我這件事情上。

有一天，我讀著村上春樹的《挪威的森林》，並不是自覺像直子或小林綠，但是讀到渡邊跟直子散步雜樹林中，直子提到一口可能會失足掉落的古井，渡邊徹說：「妳就一直跟著我好了。」直子說：「你能對我說那些話，我眞是太高興了。眞的！」「不過那是不可能的。」直子說。

我停在這段對話上，突然感覺到哀傷，因爲意識到我未來可能沒辦法跟C先生談論村上春樹或其他文學作品，擔心我們沒辦法一直走下去。因爲我每次送C先生的書，他總是好好地放在書架上，不曾閱讀。可是他卻是到目前爲止不曾與我吵過架的男友、最負責的男友，也是經濟能力最穩定的男友。我感到猶豫了。那天讀完了小說，我想著那口古井，試著告訴C先生：「我想我可能是一個心智和情緒都不太穩定的女生，包括不確定愛不愛你，比如我剛剛讀完了《挪威的森林》，書裡面提到一口井，我發現我好像比較適合自己一個人走，所以我想……」

C看了看我，很淡定地告訴我：「什麼井？我覺得妳想太多。妳會想這麼多，表示妳很愛我。」

我眞的很愛C嗎？我呆呆地看著C，自己也弄不清楚，但被這句話深深迷惑且感動了。一九九六年三月，中共持續試射飛彈，飛彈分別落在基隆與高雄外海。我與C先生依著原計畫步入禮堂（啊，台北市大飯店的酒席，宜結婚的黃道吉日必須在半年之前就預定）。房價低迷，C先生逢低以每坪三十幾萬買進信義區的新房子。（從事房仲業的H先生想跟我談的是這些嗎？）

過不久，李登輝也正式成爲台灣第一位民選總統。

一段時光之後，台灣的政權經過一些變化，我和C的婚姻多少也有些起伏。直到二十年後，我整理自己的房間，突然發現當年這些「應徵信」被我放在一個餅乾鐵盒裡，封存了一些我已經遺忘的人。我發現其中A和我通了最多封的信。大概最後只剩下了他和C。我看了他的寄信地址，知道是新竹的工程師，第一次給的則是老家雲林的地址。我猜想是地域的關係吧，於是最後，我選擇了C。

我讀著那幾封信，腦海裡完全想不起A的模樣，可是讀著卻有些惆悵，A的字跡很好看，而且隨著心情有時工整、有時凌亂，仔細看，便覺得他的說話口氣都視覺化了。那完全是情書的語氣，可惜年輕時我大概是對情書太過習以爲常。

陳蕊好：

過敏的情況好些了嗎？上週在書局翻了一下相關的書籍，才知道我說的不是正確的方法。

打了幾天的電話，妳家人說妳還沒有下班，心中不免些許失望與悵然，更為妳如此辛勤地工作有些心疼與擔憂。

上週末的相見，由於太緊張，加上平常較內向，當從看到妳開始，整個大腦無法正常運作，一片空白。回家後仍仔細檢討，發現原本可以怎樣怎樣的卻沒有，為此深感懊惱。我想或許我們更熟識之後，這個狀況應該會解除。也許多跟妳聊聊就會改善了。只是妳總是那麼晚回家，我怕太晚會打擾妳的家人。寫信或許是唯一的解決之道。妳工作忙，不用專程回信，我有個可以傾訴的對象，是一種快樂。當然如果能接到妳的電話，或是再見到妳，又會更快樂一點。夜深，祝好夢。

陳慈平安：

近日情緒陷入莫名的低潮，拿出紙筆把可能的因素一一條列出來，然後一一檢討，確實帶給自己一份新的生氣與新的希望。但是伴隨而來的卻是另一種悲哀，人生竟然可以如此條列式。

友人來訪，大談其交友條件及目標，他決定先分別和三～五人交往再由其中選出適合的對象結婚。在交往的過程中，必須保持恰好的關係與距離，以達進可攻退可守的目的。我深深佩服他企業化的愛情觀，但也為可以量化的愛情感到迷惘與悲哀。

一九二一年五月二十一日普魯斯特為了隔天一早便能到博物館觀看最喜歡的畫家維梅爾的作品而徹夜未眠，而我呢？卻為了應付上司的交代，趕幾篇沒有結果的報告而深夜未能成眠。遠在台北的妳應有個甜蜜的好夢吧。

STUDY

No.

Date

陳蕊平安：

上週日在台北街頭掛上了電話後，翻了翻手中的電話本子，心中有說不出的落寞，畢竟我並不屬於這個城市。午後兩點走在人群擁擠的車站前商圈，知道妳正在某處等候著友人，只是……也許當時我就應該有所覺悟才是。

長久以來我一直在問：朋友是甚麼？在甚麼的關係下才能算得上是朋友，只是如何告訴妳這個訊息呢？總不好在一見面便說：「咱們先說好只是朋友喔……。」況且出眾如妳，我實在不想自絕後路，只是我的表達方式出了問題，令妳有所困擾，深感抱歉。

這將是我最後一次寫信給妳了，曾猶豫不決地想是否還要寫上這封信，但是有話留在心中並非我的個性。謝謝妳陪我這麼一小段美好的時光。在收到妳的信那天，騎車在路上差點撞上了電線桿，我想這異常說明了我的心情。但也將是唯一的異常了。祝福妳。

十一、城市　小黑

烈日當頭，我站在擁擠的台北車站前，拿起了電話本，打給學長。

眼前的城市明顯有了些變化，台北車站前據說是第一高樓的百貨公司就快要蓋好了。而前不久，中華商場則徹徹底底地拆掉了。這城市的線條變得尖銳，有些地方像是被理了光頭，新的毛便急著冒出來，就像我現在的頭髮，稱不上好看，但生猛。

學長幫我找了一個民歌場子唱，又跟我提及另一個已經錄唱片的學弟。隔幾天，我就帶著我的作品到板橋一家叫「騎兵隊長」的民歌餐廳找這位學弟。到達時，他正抱著吉他在台上唱歌。我第一眼見到他，就發現我們一起參加過同一個比賽，而且同一個社團。我穿梭於學校、打工的林森北路舞廳，到畢業、退伍的這幾年間，他一直是學校吉他社的主力。

那天，當我走進餐廳，他抬頭的那一瞬間也認出我來。唱完場子，就帶著我去搭火車，在車上，我們哈拉了幾句，到了松山，就攔了計程車直奔一間錄音室。那天學弟正在錄製他的專輯。這一天，我認識了我音樂生涯中最重要的三個人：我的師父、師兄，還有錄音室的「頭手」（第一把交椅）翁仔。

我的老闆，日後我都稱他師父H，一般人或許不認識，但在音樂圈也是響噹噹的一號人物。入公司的前一年，他也出了一張專輯，專輯放在唱片行不起眼的角落，周圍排滿了「童安格」、「譚詠麟」、「小虎隊」……，根本沒什麼人會去注意。但當時他已經寫了上百首的歌，很多被當紅的歌手唱過。

當晚收工後，我們一行人就來到師父的家裡。師父泡了茶，交代了一下學弟的唱片進度，接著就轉頭叫我拿起吉他，將我的作品自彈自唱給他聽。大約一連唱了十幾首歌，他便問我，還有多少作品？

我大略說了個數字。

他一邊喝茶，一邊思考了幾分鐘，接著說他想再收一個製作助理，問我有沒有興趣？

我愣了一下，製作助理是什麼？我當時一點頭緒都沒有。因爲我只是想創作，壓根沒有想到當製作人，於是沒頭沒腦地問了一句：爲什麼？

「因爲很少看到一個人沒事就寫了一兩百首歌，這樣的人不是對音樂狂熱，就是瘋子。」

由於和自己原先的設想不同，我還很天眞的回答H先生：「可以讓我回去考慮三天嗎？」

我記得當時學弟和師兄都笑了。

老實說我知道這是天上掉下來的運氣，只是一時我還搞不清楚「製作人」是做什麼的。回家跟母親聊了許久，仍然下不了決定。

那幾天我一直躺在床上發呆，一直到第三天，我咬了牙告訴自己：「跟他拚了！」起身打了電話給我日後的師父，就這樣，我成爲H旗下的一員，開始了一段昏天暗地、無日無夜的助理生涯。

當助理的前三個月，除了打雜，老闆只叫我做一件事。他丟給我一大堆卡帶，要我聽歌就把旋律譜寫下來。這叫做「採譜」，就是把音符從空氣中抓下來，寫在五線譜上。這是練基本功、蹲馬步。

恐怕眞是老天爺賞飯吃。這三個月下來，我很快就能光聽到旋律，便正確無誤地把譜寫出來。

而你問我唱片製作是做什麼的？舉凡編曲、配唱、和歌手溝通、唱片企畫，這些我全部都要會。而所謂的助理，就是老大身邊的左右手。

我們這一行是師徒制的。我的師父一開始主持一間唱片工作室，接不同唱片公司丟給我們的歌手，找人幫他們寫歌（當然我們自己通常都會寫上幾首）、製作出專輯。後來，我的師父進了比較大的唱片公司當製作總監，我也就跟著他，一路輾轉進了不同的公司。

而這群引我入行的朋友，其中，當年的師兄已經很少聯絡了。最初退伍幫我找民歌場子唱歌的學長回到僑居地緬甸，成了當地大紅大紫的歌手。學弟則回到本行，當起律師，結婚生子，過著幸福美滿的生活，但閒暇之餘仍不曾忘情於創作。至於翁仔，還是錄音室裡的第一把交椅。只有我在這個行業裡載沉載浮，不曾退場，但一度差點滅頂。

這個世界上最紙醉金迷的行業，恐怕就是演藝圈了。你看看好萊塢、你看看唱片圈：瑪丹娜、麥可傑克遜……我們雖是詞曲創作者，但是身在流行音樂圈，見的市面還會少嗎？就不說那些ＰＵＢ喝酒、舞廳跳舞、跑趴的事，那不過就是這一行生活娛樂的基本款，有人沉迷，夜夜笙歌；有人只是路過，鏡花水月，一切還是看性情。而從中學開始，我就在酒店打工，主要是爲了生計，這些對我反倒不新鮮了。

新鮮的其實是這一行的專業面。

當時的流行音樂圈還沒有所謂的「獨立音樂」，做一張唱片，製作費大約都要三、四百萬，企宣費恐怕要花上個七、八百萬，甚至上千萬。當然啦，那個時候所謂的暢銷唱片都從二十萬起跳。《夢醒時分》破了百萬，而之後張學友的《吻別》也是破百。到張惠妹的《姊妹》，恐怕成了最後一張百萬唱片了。但大約一九九七年之後，網路興起，音樂可以下載，ＣＤ的銷售一路下滑，百萬ＣＤ不久之後也成了絕響。現在的唱片多難賣啊，獨立歌手賣個幾千張，能夠上萬，已經是暢銷專輯了。

我進入唱片圈的時間非常巧，正好在這些百萬唱片的時代，一九九三的《吻別》，你去看看KTV裡有誰不點這首歌？而那時剛好也是寫歌開始有版稅可拿的年代。本來寫一首歌，只拿一次錢。現在是每賣出一張唱片，我們就賺一點點。如果賣一百萬張，你算算有多少？我是算不出來的，我只知道當時錢都裝在現金袋裡，一回家，我就往桌上一丟，我老婆就拿去存。直到幾年後，她在台南買了房子，我還問她：妳怎麼這麼有錢？她說：還不是你當年隨便丟在桌上的錢。

啊，美好的九〇年代，我初出社會的時代。起初股票先是跌，但後來又慢慢漲起來。寫歌太好賺，專輯一張一張賣出去，鈔票一張一張滑進來。但是不只寫歌好賺，而是什麼都好賺，那眞是百業興隆的時代。台北的夜裡，每一棟辦公大樓的燈總是亮到十一、二點。加班之後，有些人仍然跑夜店，有些人則跑消夜。台北有兩條不夜街，一條是林森北的酒店，一條是復興南的清粥小菜。通常我們寫歌的，夜裡的靈感多，有時配唱、錄音，常常搞到半夜一兩點。林森北路的粉味我已經不太去了，下了工，我們往復興南路吃清淡的粥。回家睡一覺，隔天睡到中午再去上班，日復一日，晨昏顛倒。

錢賺到後來，老實說，已經沒什麼感覺。然而寫歌最快樂的事，從來都不是錢。我永遠都記得自己寫的歌第一次在電視上的MV被歌手唱出來的時刻。那時，我刻意跑到一家大型的電器賣場，站在一片電視牆前，看著俊美的男歌手唱著我寫的歌，好像代替了我的聲音。我的名字被打在每一台電視的螢幕上——「詞曲：小黑」，而我的身旁剛好站著一個正妹也在看電視。我好想指著電視上的名字，跟她說：「嘿，那是我啊！這歌是我寫的啊！」

可是啊，慢慢地這一切不再新鮮。卡帶裡的音樂繼續不停轉動，有一天，我居然對這一切感到麻痺……

你或許發現一件事，〈夢醒時分〉、〈吻別〉、甚或是台語歌〈酒後的心聲〉，先不管歌好不好聽，你發現所有的歌除了情歌，還是情歌，而且都是重口味、灑狗血的情歌。整個城市都在失戀，整條淡水河、整個太平洋都是傷心的淚水。所謂國語歌的「抒情年代」，其實也是濫情年代。好像不這樣，不足以在那樣一個燈紅酒綠、鈔票滾滾來的年代，刺激我們的淚腺和耳膜。而且紅了一個歌神港星之後，所有的港星，會唱或不會唱的，全都進來了。譚詠麟、梅艷芳、張國榮、劉德華、郭富城、黎明、梁朝偉、謝霆鋒……

彼時我跟著我的師父，換了好幾家唱片公司，寫了幾百首歌。寫歌對我來說，就像是轉開了水龍頭一樣容易。可是你知道的，所有的成功經驗都換來複製，港星一個接著一個渡海而來。唱歌的、演戲的，只要有名氣，能夠唱上幾句不走音的就行。歌也是一樣，漸漸的，每一首聽起來都好像。有時前幾個音節都相似，編曲也差不多，你或許也有這樣的經驗，一首歌哼了幾句後又接到另外一首歌，完全沒有違和感，也分辨不太出來。有時中國風，有時東洋味。詞唱錯了也沒差，反正就是傷心就是苦，不是男人就是女人，不是酒醉就是流淚。

我剛進唱片圈的時候，歌曲是靈魂，寫歌如此快樂，版稅又如流金，正是興趣與錢財兩得意的燦爛時光。但是大約到了一九九六、九七年，或許是我進去的那家唱片公司不對勁，企畫部的權力大過我們製作部這些寫歌的人了，加上我說過，製作一張唱片三、四百萬，但是企宣費七、八百萬，甚至上千萬。誰的預算高，誰的聲音就比較大，漸漸他們說的話算數，企畫是領頭羊，我們是加工廠。做出來的商品就像罐頭，漸漸大同小異，只有唱歌的人不一樣，換一下封面包裝而已。

你一定記得張雨生吧？我們音樂圈的人懷念張雨生，不單是因為他英年早逝，不單是因為他歌唱得好、寫得好，也不單是因為他捧紅了張惠妹，而是因為〈姊妹〉不是一首情歌，《姊妹》不是一張音樂聽起來都大同小異的唱片，《姊妹》是一張以音樂專業為主導而不是企宣為主導的唱片，而且張惠妹出片之前可是一點知名度都沒有，人也不頂漂亮、名字很本土，但即使這樣，卻還是賣上了百萬張。原因是張惠妹能歌擅舞。歌手靠的就是唱歌的實力，暢銷唱片還是要回歸到音樂和歌手的實力這件事情來，這給了那些只想複製成功銷售模式的唱片界一記響亮的耳光，想要打醒他們。而且據說「豐華唱片」當時打算要收了，張雨生背水一戰，全力衝刺，結果打出了漂亮的成績單。時間是一九九六、九七年的交界點，台灣主流唱片風光一時的尾聲，彷彿給慢慢商業化到快要腐爛化膿的台灣唱片業一片消炎藥、一劑強心針。而那之後，網路興起了，百萬唱片也漸漸成了絕響。

可惜那一年，我處的公司、我的環境，走的還是製作大量包裝、複製商業化成功模式的唱片，當然我寫的歌、做的唱片也還是賺錢，但那些困惑與麻木卻在我身體裡植入了腐爛的果實。原本輕輕一轉，就像水龍頭一樣從身體流出的音樂，慢慢乾涸。我不是寫不出來，而是不願意寫了。熬夜以及菸酒弄傷了我的腸胃，相似的旋律與歌詞麻痺了我的神經。我的身體和眼睛，漸漸流出了黑水……

十二、地震

N棟：陳蕊／S棟：小黑

N棟：陳蕊

結婚之後，我的人生像是被包覆在一顆膠囊之中，安全、無塵、常溫。

我和C住進東區一棟有二十四小時保全的大樓，某種程度上，我從郊區搬到了市區，也是一種人生的躍進。C先生，我的老公，開始每天先送我上班，接著再去他的診所。非常甜蜜的一段兩人時光，我開始打點婚後變大的房子，細心布置屋內的家具擺飾。平日還是照樣跟同事一起吃飯、上班，假日時我就會下廚做飯，在美國練就的好手藝讓C覺得婚後的生活彷如天堂。從此王子和公主開始過著幸福快樂的日子。

王子唯一的抱怨是公主下班的時間從來不固定。他也不能接受除了公司的老闆之外，客戶是老闆、媒體記者也算是老闆，只有公主和她的那些同事是丫環。王子既然把公主娶進來了，又買了一間大房子供吃供住，照道理，他才是最大的老闆才是。怎麼會公主在外頭把所有的人都服侍完之後，回家後就累得躺在床上呼呼大睡？

C最常說的一句話是：「你們這些公關『顧問』，根本就不是『顧問』啊，而是二十四小時on call的服務員。」特別是遇上大型的活動，國外來的客戶，我們確實隨時待命，像是比爾·蓋茲來台訪問的那一次，全公司忙得人仰馬翻。

C不能理解我所謂的「成就感」，他認爲這些都是虛榮而已，因爲辦完記者會，那些大人物就把我們這些小ㄚ頭給忘了。「一些已婚的客戶私下請妳們吃飯，也只是想看看有沒有可能把妳們弄成小三。」C還說：「妳們這些頂著碩士頭銜的年輕女孩，表面上薪水還不錯，但是加班不算加班費，算起來還比不上我那些只有高職畢業的護士，因爲我賺錢時，她們還有業績獎金可拿。」

C這番話，慢慢動搖了我的心智。我開始覺得這份工作並沒有我想像的美好。客戶雖然一換再換，新聞稿也總會不一樣，但是熟悉的記者就那一些。又因爲我們是公關，客戶怎麼說，我們就怎麼信，表面上我們當然比記者更熟悉客戶，但是認眞的記者卻可以挖出更多不爲人知的內幕。特別是有一次，一個別組的同事接了一個高科技的冷硬產品，突然得意地說：「我完全不懂那是什麼東西，卻照樣可以寫出漂亮的新聞稿。」

我正在影印客戶新聞露出的剪報，一時之間茫然恍惚，一個恍神差點把剪報當成廢紙碎掉，難道過去我的驕傲是建立在膚淺之上？這些公關新聞，到底有多少是眞相？有一些公關人員確實比記者不如，這世上或許有兩個行業看似光鮮亮麗、見識甚廣，但有些人的知識卻如淺碟，一是電視主播、一是公關。悲哀的是，這兩個工作都曾經是我夢想的工作。

當時在Agency工作的公關專員大多年輕不懂事，老一點的高階主管則耐操耐勞、身經百戰，他們喜歡轉戰於不同類型的客戶之間，但眼角不免流露出一些滄桑。「聰明」一點的公關人員，會轉入企業內部，一來是眞的可以深入公司內部，眞正了解該產業；二來是上班的時間也許不會那麼長，而且賺錢的公司福利也會好一點。但是相對的，接觸到的人少了，加上大公司裡可能內鬥嚴重，不像我們Agency裡的同事大多同舟共濟、互相幫忙。

衡量之後，我也開始準備跳槽。只是和大家跳入企業裡的方面不同，我轉而投入新興的有線電視行業，因爲這位總經理打算有一台放電影，有一台放類似Discovery的知識影片。這突然又喚醒了我大學剛畢業時，想進入電影雜誌工作的美夢。背後的老闆是財團，但總經理是個高級知識分子，這一切看來美好而清新。

從公關公司跳槽到有線電視頻道公司，怎麼樣我都沒想到這是一次失敗的滑壘。除了頭銜改爲「行銷經理」之外，薪水並沒有調高，手下也沒人。這個新產業、新公司也還沒有賺到錢，所以沒什麼紅利和獎金。比較有意思的工作其實是「節目部經理」。所謂的「行銷」，對外大概就是發發新聞，看看記者願不願意登，還有花錢做點廣告；對內，就是要對那些系統商介紹我們的頻道。你要知道這些過去稱爲「第四台」轉爲系統商的，很多都是地方黑道，在未合法化前，他們賣一種電視盒，專門播放日本的衛星電視節目、盜版的摔角和A片錄影帶，還有報六合彩的明牌。大人趁著小孩睡著，就偷偷把電視轉到這些嘶嘶沙沙、畫質很差的頻道。

我們招待這些系統商開說明大會時，敬酒這件事我已經擋不掉了。啊，當年在台中的那些建商又算得了什麼？這些系統商大哥才讓我見識到什麼叫做草莽氣息，有人竟然大大方方地往我屁股上一摸，好像我們這種公關，就是他們想的公關。所幸「已婚」成了擋箭牌，也就不必跟著續攤了。

一次失敗的滑壘之後，剛好有人挖角。這次跳進一個較古老的傳播業——廣播電台。這家廣播電台也是媒體開放之後新興的電台，總經理、副總卻都是從老電台跳槽過來的老廣播人。我要到比較好聽的頭銜和高一點的薪水。新電台在北台灣熱鬧的天空裡也急著想找到自己的定位和觀眾，我的角色就是協助行銷經理找出市場的定位，掛的頭銜是「公關指導」，雖然也不知道要指導誰，因爲公司裡的每個人都是比我資深的播音員。

我們將電台定位爲「女性電台」，搭著那時廣告教父孫先生火紅的「MTV音樂台」的廣告：一個男人的那話兒吊著一台電視機，螢幕上出現「MTV好屌」的字樣。我們在西門町眞善美戲院的那片大牆買下一幅巨幅的廣告，上面寫著「沒有女人，男人屌什麼？」

公司除了這個醒目的廣告之外，沒有太多成績值得說嘴。行銷經理是個男人婆且每天都想改革，每天都看一些同事不順眼。我其實沒有太多事情好做，一樣是發一點節目的介紹，看看有沒有什麼主持人跟特別來賓互動的有趣新聞可以上影劇版之外，我開始另闢蹊徑，幫某些節目固定在家庭生活版開專欄，寫當周要訪問的人物故事。除此之外，我每天在高樓上看著淡水河的流水，有時跟一些主持人聊聊天，幫他們想點節目的點子。我這時才清楚，在廣播電台裡，主持人才是要角，但我並不介意當一個電台中的邊緣人。大概是因爲我結婚了，有美好而穩定的家庭生活。

只可惜寧靜的生活過不了太久，此刻乃是廣播電台的戰國時代，台灣的大眾傳播，熱鬧的又何止是有線電視的興起呢？小電台開始也玩起「聯播網」的商業遊戲，爲的是要對抗「中廣」、「警廣」這類的老電台。台北「飛碟電台」聯播網的成功模式，也引來一些財力較爲雄厚的新電台的效法，有人想要開始收購各地的地方電台，我們這家北部的電台很「榮幸」地被看中了，南部來的年輕有爲的新老闆開始頻頻出現在電台裡。作爲「空降部隊」的行銷經理也對此振奮不已，畢竟這是電台可以做大的機會。但麻煩的是電台裡開始分爲兩派，新老闆從高雄帶上來的同事非常年輕，這些老派廣播員開始感到深受威脅，他們之所以來到這家新電台，原因正是因爲電台開始啓用一些知名人士擔任主持人，這些字正腔圓的老廣播人不再被重用，他們到這家電台多半只爲追求安定生活，最好能在此養老，誰會眞心渴望什麼大變革？他們表面上討好著新老闆，但私下卻希望阻止這樁商業購併。

因爲快被收購了，行銷經理對這些「老派人士」說話更加嚴厲，每天都翻白眼罵人。我依舊與世無爭地每天看著淡水河的河水，試著跟每個同事好好相處，盡一個公關該有的本事。而最快樂的時光，可能是年輕英俊的新老闆中午找我一起吃飯，也許是年紀相當，多少有點浪漫情懷，有一次他還帶我出差高雄，參訪高雄的電台，自然而然，我被當作是「新公司派」，是和權力核心最靠近的紅人。

公司背後到底有多少權力角力我全然不知，只是農曆年前的某一天，氣溫非常低，我一進辦公室，「新老闆」和高雄來的新同事並沒有進辦公室，而我的桌上放著一封信。打開一看，我和行銷經理一起被公司解雇了，理由是我們不適任。我看到行銷經理氣到太陽穴的青筋都浮了起來。原來這樁買賣最後沒有談成，我們這些「新公司派」自然被請出了大門。

半個小時後，我和行銷經理抱著裝著我們個人文件、用品的紙箱，站在大馬路上。一陣風將路旁行道樹的葉子吹落到我們腳邊，寒風刺骨，或許只能用「蕭索」兩字形容。行銷經理一連罵了好幾句三字經，罵到最後，我突然笑了出來，心想也許不必再看著這些人鬥來鬥去了，不也是一種解脫？我記得汪精衛的一位親信說過這樣的話：「只要有三個人，就會分兩派。」十幾人的小公司能鬥得四分五裂，也不算是奇觀了。

「妳笑什麼啊？這個時候妳還笑得出來？！」

結果沒賣掉的電台為了精簡人事，後來被請出去的員工還不只我們兩個。新老闆非常有情有義，一個星期後，他特地設宴請我們這些「傷兵」吃飯，承諾要好好安頓我們，等他找到新的併購對象，一定會安排我們的工作。吃飯時他趁著一點酒意，突然握著我的手。有那麼一刻，我的心臟猛跳了一下。這大概是我婚後第一次對異性有感。過了好一會兒，我抽出我的手，因為被公司解雇的那天，我抽空去了醫院，幾天前驗孕棒驗出了陽性反應，我到醫院檢查，證實我已經有了孩子。

「多謝好意。我真的很喜歡跟你一起工作，你來電台之後，我覺得日子很快樂，但是我剛懷孕，所以你讓我想一想吧。」

就這樣，我拒絕這份工作，成了唯一沒有被安置的員工。也絕非懷孕後自願回家，只是在這麼一個巧妙的時間點上，命運之神給了我另一條選擇，回家吃自己。而C正好求之不得。

幾個月後這些被安置的員工再次流離失所，行銷經理打電話來試探我，問我：之所以不願被安置，是不是回到老電台上班去了？我知道她在汙辱我，很想叫她去吃屎，但想到此刻她失業了，吞下這口氣，只淡淡地說：「沒有。」就掛上了電話。

往後，我再也不曾聽到行銷經理的任何消息。倒是多年之後，我帶著女兒搭公車經過台北某家有線電視台的大樓，牆上掛了一幅大幅的戲劇廣告，上面有該電視台的高層姓名，當年這位南部廣播世家的少東，倒是轉換跑道，高掛該有線電視台的總經理。那一瞬間，想起他當年告訴我：「人生如戲，而做我們這一行的是戲子。」人生恍然一過，這一晃，也成了車窗外偶然瞥見的一道風景。

●

一九九七年七月，香港主權回歸中國。政權轉移之前，香港也並不平和，差不多在一九九五年台海危機時，港台兩地紛紛掀起一波波的移民潮。我和C則趕在香港回歸前的跨年，走訪這個東方之珠，感受一下「舞照跳、馬照跑」的繁榮喧嘩。

大概是在這個時候，我懷上了孩子。女兒平順地在香港回歸中國後出生，全然不知這個歷史上政權轉移的事件，也不知道她的媽媽之所以回家照顧她一直到她念國中，是因爲辦公室的權力轉移鬥爭所造成。

人生有太多事情不在你的預期之中，比如說回家全職帶小孩。彼時我一直認爲，過一兩年，等孩子大一點，我總是要回到職場上去。卻沒有預測到帶小孩這件事慢慢在我心裡產生了變化。先是孩子的哭鬧、餵奶、換尿布這些事打亂了我的生理時鐘，然而孩子的笑容有時又融化了所有的辛苦。於是我開始思考在家接案的可能，一邊接起翻譯和撰稿的工作，看看是否能在家庭和工作上找到一個完美的平衡點。

但是兩邊都不放的情況下，對新手媽媽更像是蠟燭兩頭燒。永遠的睡眠不足，內分泌開始失調。C對此感到非常不滿：「我給妳的家用不夠嗎？」

「你不明白，我喜歡工作，我喜歡跟這個世界還有聯繫。等孩子大一點時，我想回公關界上班。」

我接了一些採訪撰稿和公關的小案子。某一天，我請爸媽來家裡照顧女兒時，不到兩歲的女兒看到我準備出門時，搖搖擺擺地，突然整個人氣得往牆上撞，小小的身體像巨人一樣擋住我的去路。

如果先生不喜歡我工作，我到底可不可以把小孩放下來？這個問題是不是我在結婚的時候就沒想清楚？不久後，這個世紀就快要結束了，我在想，我還要不要復出上班？這個職場還有我的位置嗎？

記得那晚凌晨一點四十七分，我還在做翻譯，突然一陣天搖地動，整個天花板好像要掉下來了，C躺在床上還沒有醒過來，我立刻衝到女兒的房間，毫不猶豫地用身體包覆住她，彷彿她還在我的子宮。我擔心她房裡的那片屬於我的書牆，會倒下來壓住她。我不知道身體哪來這股強大的母親力量。過了不知道幾分鐘，地不搖了。燈卻熄了。一些人的家沒了。

天一亮，兩歲的女兒轉醒過來，我問她：知不知道有地震？她很困惑地搖搖頭，一直笑著看我。她的生活中，甚至還不知道「地震」是什麼。

而我也不知道，我的身體裡即將孕育著另一個小小的地震。

S棟．小黑

不過才幾年的時間，我漸漸對做音樂這件事感到麻木，慢慢忘記做音樂快樂的感覺。我還是能夠依照公司的要求寫出歌詞、譜出旋律，像罐頭加工場一樣，把豆芽菜和文字壓進CD裡，但是裡面的靈魂卻一點一點地被抽空了。除了換成一袋一袋往客廳桌上丟的薪水，我漸漸找不到做音樂的意義。

我曾經寫了幾首有點新意的歌，但因爲不是主流、也找不到合適的人唱而賣不出去。有些歌朗朗上口，成了主打，有些歌馬馬虎虎，還是被選進了CD裡，安排在中間順位。像一個被過度操練的棒球選手，我只知道不停地揮棒。慢慢地，肩膀瘦了，手指不知不覺也變了形，好像再也無法用力揮棒了。

提到棒球，那些年，我常會抽空去看職棒。職棒元年時，我還在讀大學。有時全班都約去看球，因爲拿學生證還可以換免費票，一大群人一起坐在外野。職棒初期的熱鬧盛況，算起來我們這些人都有功勞。

我們這一代，小時候總會在半夜爬起來看少棒、青少棒、青棒的電視轉播。每當這些小將拿到世界冠軍時，更是舉國歡騰，感覺宇宙終於有一道光，打在我們這塊小島上。我們那微小小的自尊心，都託付在那些棒球小將身上了。就這麼從小一路迷到大，終於把台灣職棒給孵了出來。那時班上的同學阿德和我最迷棒球，我們一起打工，打完工，就相約去看棒球。

我常覺得寫歌跟打球很像，感覺來了，用盡力氣和技巧擊中球心，但是球會落在哪裡？歌會不會紅？還是非常靠運氣，你只能聽天由命。有時，差一點點就是安打了，結果卻被接殺；有時好像是全壘打，但角度斜一點又成了界外。寫歌也一樣，就算你覺得譜出來的是首好歌，但被誰唱、會不會紅？有時你也很難預料。

這一天，我坐在外野的看台上，也許是下著毛毛雨，場子顯得有點冷清。不過更重要的是，這陣子職棒簽賭傳言太多了，球員一旦打假球，這球賽誰還會覺得好看？我一個人靜靜坐在右外野區，想起念書那兩年，我常和阿德來看球。退伍之後，我們還是約了好幾次，到市立棒球場看球。那時只要味全龍和兄弟象的比賽，整個看台區都是滿的。今天這一場是鷹隊的，整個場子大概就幾百個人。人少，球員也顯得有氣無力，打眞的還是打假的，也就不重要了，不是嗎？

阿德喜歡看棒球，也喜歡打棒球。你知道會迷棒球迷到一個程度的男生，學生時代多少也會手癢，下了課就組個隊，沒事就去揮一下棒子。阿德的身材正好是適合打棒球的那種，他不高，但夠壯。可是打球需要天分，還要苦練，更需要決心，三者缺一不可。喜歡打球不難，但當一個球員，有時比當一個歌手還難，也比寫歌更難。而且那個時代，哪一個父母，不希望自己的小孩讀書、當一個規規矩矩的上班族？總之，阿德跟那些許許多多的熱血男孩一樣，小時候守著電視看棒球，但是無緣當球員，長大之後，便開始支持台灣的職棒，把自己的熱情和夢想，都投注在這些從小看到大的明星球員身上。

不過盯著這些球員看的人不只球迷，還有黑道。越多人喜歡看棒球，越可以拿球賽的輸贏來賭博。台灣人沒什麼不能賭的，特別是運動，全世界都有人下注。只是黑道一進來操控大盤，事情就變得不好玩了。雖然我國中時也混過幫派，但長大之後，我知道有些事不能這麼幹。特別是輸了錢，你還拿槍挾持球員，要球員在以後的球賽配合放水。這眞的太超過了。但黑道是不管這些的，只要賭盤開的夠大，簽賭的人多，他們就想要控制輸贏。但是輸贏可以控制了，球賽就不好看了，門票收入就少了。錢都流到賭場去了，誰還來認眞看球呢？

但這個時代就是這樣，台灣錢淹腳目，人人都想發財。只是我沒想到，喜歡棒球的阿德，後來也迷上了簽賭。

台灣這幾年，怕是已經黑道治國了。到處出現有黑道背景的人士參選地方首長或民代，特別是南部的幾個縣市。P縣的縣長靠著黑道議長壓制反對勢力當選，當選之後縣長工程貪汙，議長則到別人家中當著母親的面前槍殺兒子，而K縣的議長則被自己扶植的議員幹掉……殺人與被殺的都是角頭，全因黑道賭場糾紛。

台灣猶如西西里，所以綁架幾個球員，拿槍指著別人的頭，對這些黑道來說恐怕也是理所當然。黑金與賭博幾乎綁架了整座島嶼。

我不知道阿德的棒球魂在哪時候迷失了？我猜是一九九六、九七年之間，因爲我差不多是在這個時候，和他的聯絡漸漸少了。而我也是在這個時候，漸漸對音樂創作感到迷惘，當一切都向錢看，音樂就變得灑狗血，全部的情歌都要下猛藥。一定要失戀、要分手，一定要有眼淚、要有酒。有一些聽歌的人、看球的人或許還沉迷其中，分辨不出來哪些是眞的？哪些是假的？但是打球的人知道、寫歌的人知道。關於假的，他們只有一個感覺：痛苦。

九七年，我老闆看我工作不太對勁，便帶了我的幾首歌到日本試試看。沒想到歌不但賣出去了，還讓一個從台灣到日本娛樂圈打拚的年輕女星給稍稍唱紅了。像一支強心針，這大概是那陣子，最讓我振奮的一件事了。不過，那一年壞消息也有，秋末，張雨生開著他的跑車，在淡水撞上了路中央的分隔島。三十一歲，才剛剛捧紅了一個歌手，才剛剛做好了自己的新專輯，一切才剛要重新開始……一個才要加速往前衝的夢，就撞碎在那條淡金公路上。

九八年，職棒簽賭的風氣並沒有消退。但是秋天的時候，一支當年打假球鬧得最兇的棒球隊，球員被抓的、被開除的，走了一大半，終於解散了。

賭博一向是有人賺，有人賠。我不知道阿德最深切的痛苦是什麼？是輸了太多錢？還是人生有什麼未竟的夢？但總之，這一年冬天，他從家裡往下跳，整個人也碎在大馬路上。

這一天，我一個人坐在右外野看球，整個球場大概只有幾百個觀眾，不復當年了。我在這裡算是懷念阿德吧，懷念一起打工、看球的日子，懷念那個對一切充滿夢想，還沒有正式踏出校園的純眞年代。

我的夢呢？在細雨中也顯得模糊了起來，不知道暴雨將至。

這天的球賽也不好看，打到第六局，有幾個球員看起來濕濕黏黏，像是被雨水泡軟了，揮棒也不俐落了。接著雨勢越來越大，球賽也不得不喊停了。觀眾們敗興地往出口走去。

走在路上，我斷斷續續、輕輕地唱起巴布・狄倫（Bob Dylan）的〈The Hard Rain's A-Gonna Fall〉……

……

I heard the song of a poet who died in the gutter
（我聽見一個在溝渠死去詩人的歌聲，）
I heard the sound of a clown who cried in the alley
（我聽見小巷裡一個小丑在哭泣，）

……

Oh, what'll you do now, my blue-eyed son?
（喔，你現在有什麼打算，我藍眼睛的孩子？）

Oh, what’ll you do now, my darling young one?
（喔，你現在有什麼打算，我摯愛的少年？）
I’m a-goin’ back out ’fore the rain starts a-fallin’
（我要在大雨落下之前離開，）
I’ll walk to the depths of the deepest black forest
（我要走進最黑最深的森林裡，）
……
And it’s a hard, it’s a hard, it’s a hard, it’s a hard
（而一場暴雨，暴雨，暴雨，暴雨啊，）
It’s a hard rain’s a-gonna fall
（一場暴雨即將落下。）

老實說，那天誰輸誰贏，我其實都不在乎。球賽結束，我先去吃了消夜，接著一個人慢慢走路回家。那晚，妻已經先睡了。我脫去了溼衣服，盡量不發出聲音地躺在她的身邊。

對了，我忘了說我的妻。她是我大學同班同學。大一進來時，我們玩小天使和小主人，她偷偷當我的小天使，多送了一份禮物給我。據她說，那時她以為我沒有小天使，怪可憐的。哈，最好是這樣啦。總之，妻長得很可愛，大眼睛、小虎牙，大概是班上數一數二的漂亮女生。剛進學校的時候，阿德也喜歡她，但最後被我追走了。

我們結婚的婚禮上，阿德還捶了我一下，說：「好小子，什麼都給你贏去了。」

阿德，我真的什麼都贏了嗎？

我躺在妻的旁邊，聽著妻均勻的呼吸聲。妻很美，光潔的身體在微弱的燈光下起伏著，我們應該生個孩子的。但是那個時候，我好像連自己都不愛了，怎麼還有力氣去愛一個孩子呢？

那一陣子，寫歌最初的快樂不見了，但我還是照樣上班、照樣寫歌、照樣把領來的薪水帶往客廳的桌上丟，像機器、像行屍走肉。

九九年，世紀末，表面上，我的日子其實還不錯。麻木歸麻木，歌照賣、錢照拿。我記得好清楚，九月二十日，公司製作的一張港星唱片發片了，我寫了其中好幾首歌。那晚慶祝發片，我喝了不少酒，回到家，頭還是暈沉沉的，走路也走不穩。過不久，開始天搖地動，我心想我不可能醉得這麼厲害。

是大地震！我們住在十樓，整棟大樓劇烈搖晃，像是快要折斷，我突然驚醒了，但接著眼前一片黑暗。妻緊緊抱住我，幾乎快哭了。我心想：「這麼巧，該不會是預言這張唱片會賣不好？」

但這張世紀末的專輯，裡面一連串世紀末的情歌，還是打動了很多人。〈謝謝你的愛〉、〈如果一開始你愛上的人是我〉、〈一不愛以後〉……。太多愛，都是愛。地震之後，只要能撫慰人心，再濫情也無妨。最後，專輯還是大賣了六十萬張。

我應該高興的，但是卻沒有。

我應該高興的，不是嗎？但是爲什麼我沒有？

世紀末倒數，欲振乏力的虎隊和龍隊，相繼宣布解散了。

世紀結束之前，我快三十一歲了，而張雨生在三十一歲那年就已經走了。我的音樂路應該繼續選擇往前走的，但是我沒有，我甚至不知道自己病了。未來的一切讓人想不清楚。

我不像阿德那樣，選擇從樓上往下跳。但是我選擇在客廳的桌上留下一張字條：

「先別來找我，我想離開台北。我想回老家，看看我能不能找回什麼。」

十三、網路上身

陳蕊

上個世紀末，經過了一場地震，世界沒有毀滅，地球依舊運行，只是有些修復顯得吃力。很多事情都沒有答案。

世紀初，我的肚子裡又有一個baby。盛夏時節，混著大量的汗水和血液，孩子滑出我的身體。

躺在產婦的病床上，大女兒看著我身旁這白皙渾圓的漂亮小娃，她的妹妹，像一個再完美不過的玩具。於是，姊姊墊起腳尖親吻我的額頭，溫柔甜蜜地說：「媽媽妳好棒。」妹妹軟綿可愛，五官精緻漂亮，抱在手上時，像一尊洋娃娃。剛生完孩子的一段時間，我感到萬分幸福。希望三個人就像三朵雲這樣一直飄浮沉睡。

可惜生小孩這件事對母體來說永遠都是一件大量輸出。老大的育兒期，因彎腰抱她時拉傷了髖骨關節，臀腿一陣劇痛，所幸醫生說沒有傷到筋，過一陣子，慢慢好轉，我以爲終將自然痊癒。但因爲又懷了老二，鮮少運動，也弄不清楚腿痛是舊傷未癒還是懷孕壓迫。生完老二之後，持續增加的體重，加上鮮少活動的四肢，才發現臀腿痛並未好轉，且變本加厲。

早上起床時，一切如常，照顧小孩、餵奶、換尿布，做一點翻譯。然而一到黃昏，走到市場買個菜，不到半小時路程，一邊的腿幾乎就無法行走了，必須停在路邊歇息。疼痛的感覺從臀部傳向大小腿，接著傳回了心窩，有時無助得令人想哭，慢慢積累成黃昏般的憂鬱。

此時先生貼心地幫我請了菲傭帶孩子，希望讓我多休息。

也非骨刺，原以爲是小毛病，所以每周只是到附近復健科診所報到，不停地熱敷、電療。因爲中間卡了一次懷孕，前後拉長成兩三年，而復健卻日復一日，始終不見改善。

某一天，我一旁的婦人正在拉五十肩，臉上掛著麻木的表情，像一棵被蟲蛀掉的枯樹，偶爾發出微弱嗡嗡呻吟。我問復健師，她要做多久才會好？復健師認眞地看了我一眼，說：「要一直做下去。復健只能維持現狀，讓受傷的部位不惡化，但是沒辦法恢復到原本不受傷的狀態喔。受傷了就是傷了。」

我整個人傻了。這句話彷彿宣告我的腿不治，難道我三十幾歲就要不良於行？

外觀看上去沒有殘缺的殘缺，反而是一種更大的不幸，像一個過於優渥且怠惰的婦人，我無法展示自己的傷痕，證明自己有病。難道我就這麼漫長地枯萎癱壞下去？

因爲生怕與社會脫節，失去工作的能力與機會。即便生了兩個孩子，但我不肯放下翻譯的工作。這下我更怕自己成了廢人。勞累加上入夜身體就開始疼痛，身心日漸艱難。

復健科醫生囑我不能劇烈運動、不能打球也不能跑步。走路盡量不要跨大步，小步小步慢慢走，沒事就躺著。先生也勸我：「那你就少動，躺著吧。」

躺在床上很像慢性自殺，孩子給了菲傭，疼痛給了身體。入夜之後，有時痛到動彈不得，在夢裡，我想要奔跑、想要飛，可是小女兒突然慢慢變大，搖搖晃晃地，像姊姊那樣又一次把頭撞向牆壁，擋住我的去路。我嚇得驚醒，卻不敢告訴先生做了噩夢。

一日，我撥了電話給患有僵直性脊椎炎的小碧，她年輕時發病，無預警地痛到曲捲在地上。我像說笑話似地提起她的那一年，並提及自己這一年一到晚上就躺在床上的「貴婦生活」。她聽完之後安慰我說：「沒關係，那以後我們一起買輪椅，還可以請店家打個折。」我笑到流淚了。我擦了一下眼角，淚水真的就流了下來。

我是一個幸福的廢人。我是一個靠著別人供養的貴婦廢人了。

夜裡翻譯工作的勞累、臀腿的疼痛，再加上很少出門走動；又或者是育兒期的瑣碎，加上產後內分泌失調；也或許是某一天跪在地上擦地板，轉過頭從鏡子裡看到自己臃腫的臀部，發覺自己身材不再曼妙迷人所產生的哀愁與焦慮，大概是這種種憂鬱加起來的憂鬱。大概是明明衣食無虞卻如此不快樂，於是這種憂鬱更加說不出口。但彼時我並不知道自己的憂鬱是否是病，只是偶爾我會閃過從陽台往下跳的念頭。夜裡的噩夢，女兒變成巨嬰撞向牆壁，但現實世界裡，女兒的臉卻像天使一樣，可愛且無憂無慮的笑容，打住了我偶爾閃過人生不值得活的消沉念頭。

打從生下第一個女兒的育兒期間開始，除了家人，我與世界的連結主要是透過翻譯。

翻譯是一件非常奇妙的工作，網路時代來臨了，我可以完全不必見到編輯，便開始工作。所有的稿件和聯繫只需e-mail傳遞。有時編輯會先打電話給我，確認是否收到書稿，有時全然只透過email。接下來我開始振筆疾書，在合約規定的期限裡，把稿子譯好，再email給編輯，不久之後，支票便寄到我的信箱。全程不需要任何的實質接觸。

翻譯那幾年，我不曾見過任何一位編輯，我們彼此間的相遇，就只是兩個在email裡的名字，但最後卻會印在同一本書上。

我記得有次租了珊卓．布拉克主演的《網路上身》（The Net），發現她的工作和我一樣，完全透過電郵和電話和外界聯繫，鄰居和她之間幾乎沒有互動，她患有阿茲海默症的母親也已經記不得她了。這個世界上，沒有人可以確認她的存在，然而一場意外，她的身分被人調了包，所有的人生紀錄都被竄改……。電影最後，珊卓．布拉克靠著機智重回她的身分。但是看完電影之後，我卻嚇得目瞪口呆。我想我應該沒有那份機智和鬥志，光是這份孤獨與恐懼，我就可能會死掉。

我從一個和外界接觸過於頻繁的公關，如今成爲繭居在家育兒、翻譯，鮮少接觸人的文字工作者。好像是從一個過度曝曬的沙灘上，走進一間沒有陽光的密室，我突然害怕有一天我會覺得外面的陽光太刺眼、人群太喧嘩。

或許人在溺斃之前都先自救。醫生囑我不能劇烈運動、打球和跑步，只能慢慢走路和多休息。我想像自己日漸枯萎，被宣告不能運動的身體彷彿行屍走肉。如果這樣的生活只會讓我持續消沉，家人的好或壞都只會讓我的怨恨增生（啊，而且他們並不知道），我是不是該尋求改變？

突然，我腦海中閃起一部幾年前看過的日本電影《我們來跳舞》，男主角是一個有妻有兒的中年日本上班族，每天過著一成不變的日子。某天，他在上班通勤的電車上，看到一棟大樓裡一位美麗的舞蹈老師在教交際舞。日復一日的遙遙相望，終於有一天，他提早下車，走向那棟大樓，決定要親近那位舞蹈老師……

我想起小二那年因爲那場意外而中斷學習舞蹈課，我想起大學時的那些舞會，那些痛快的汗水。我曾經那麼喜歡跳舞，或許我可以再試試跳舞？

「說不定不是盡量不動，而是試著做些緩和的運動。」我告訴先生，我想要跳舞。

先生不置可否地聳聳肩。

就這樣，我開始了不需要與人身體肢體接觸又接近舞蹈的運動——瑜珈。

一開始還是好痛，特別是當我打開雙腳彎腰，牽引到臀部時，總是一陣劇痛，但伸展其他部位時卻又非常舒服。

「慢慢來，痛的話先停。瑜珈不是要讓你受傷，是讓妳展開。」老師說。

痛的地方停下來，不痛的地方，我試著一點一點展開自己。好像身體並未眞的壞去，而是慢慢甦醒，我開始有了出門的動力。

萬萬沒想到，復健那麼久，這次卻撞對了方法。痛了快三年，才三個月，就開始好轉。

或許我也看錯了醫生？於是，我決定改看其他的復健醫生。

新的醫生幫我照了X光。「肥胖也會壓迫到神經，妳生產，加上一直少動，所以胖了起來，說不定瘦下來，妳的腿自然就會改善。」

我想到某一天跪在地上擦地板，鏡子裡反照出的臃腫臀部。我又想到《我們來跳舞》裡的中年大叔，藉著和美麗舞蹈老師學舞，找回自己生活的動力和浪漫的想像。我是不是也該瞞著先生，做點什麼，找回自己的自信？

身體開始好轉了。有一天，我做完當天的翻譯進度，心情放鬆，於是在網路上找點文章來讀讀，我時常閱讀一個叫「詩路」的網站，那天恰好讀到鴻鴻的這首〈翻譯的女人〉：

死去的女人在花園裡
奮筆疾書
蝴蝶從紙上飛起

其實她做的只是翻譯
這工作類似間諜，必須大膽，冷靜，隱密
像如影隨形的死神無堅不摧無微不至
唯有禁令，禁令無法翻譯
翻譯就是開啓
第一個房間是古老沉重的家長
第二個房間是珠玉金銀和水晶器皿
第三個房間是圓形環繞著銅鏡
第四個房間是馬鞍，鎖鏈，獵槍，皮鞭……
她一陣暈眩

垂下鑰匙
更別提最後一個房間

在花園裡翻譯
總比站在甲板上親臨滔天巨浪要好
免得忍受前面一千個女人留在床褥中的汗漬涕淚
總比上菜市場
聽些別家丈夫偷情流言要好
總比上舞廳跳舞要好
那些注視的目光
不知哪一支箭尖有毒
總比打開下一個房間總比
打開電視
看那些體面人士侃侃而談表演微笑要好
至少她知道自己已經死了
必須趁丈夫不在的時候

趕快把書譯完
留下一件遺憾的事是多麼難堪

他站在樹蔭裡看她已經很久了
看著愛情的最後一點餘溫在紙上留下灰燼
她還來不及發現
他有過那麼多女人就死了
來不及等到冬天
把她們折成木炭塞進暖爐令滿室生香
他多想把木炭塞進她體內
讓她燃燒
……

我微微一震，翻譯的女人，寫的是我嗎？我也已經死去很久了嗎？我想起鏡子裡肥胖癡腫的臀部，想起婚姻裡已然退去的溫度，以及始終無話可聊的夫妻生活。我是不是也該找一些木炭塞進體內，讓自己燃燒？有沒有什麼安全的特效藥？

世紀初，我還不知道網路世界已經熱鬧非凡。於是，當天晚上我偷偷在網路搜尋引擎上輸入「聊天室」。我想找個異性說話，我想試看看自己還有沒有魅力，這是第一次，網路帶我進入一個異次元世界。匿名、帶著大量幻想和等待。

我想聊聊日常生活和文學，聊那些和先生聊不起來的事，比如婚前愛讀的村上春樹，打發先生長時間工作不在家以及被小孩綑綁出不了門的苦悶。或許還可以談一個虛擬世界的戀愛？

我開始定期掛網，並等待網友跟我聊天。剛上網第一天，很快就有人用悄悄話敲我，接著每一天都有。於是我猜想每個人都是這樣，先是一個冠冕堂皇的明亮對話，接著開始私下聊天。網路那時還是撥接時代，每一秒都像是偷來的，帶著不正常的期待，更加深了這種曖昧和等待。並以爲網路上因爲見不到，所以夠安全；因爲匿名，所以可以大膽地或偷偷地說出自己的苦悶與寂寞。

倘若時間倒轉，彼時我進入的是比較正當的聊天室，比如遠流博識網跟人聊聊書，或許我會多長一些知識；或像PChome新聞台可以寫寫文章抒發，多認識一些網友擴展生活的領域。如果一開始在網路上有明明白白的身分，而不是虛幻的分身，離開那些情感誘惑，也許就不會有接下來的事了……

十四、泥土

小黑

千禧年這年的夏天，我眞的離開了唱片公司，離開台北種種，一個人回到我最熟悉的城市。我租了一間小公寓，幾個朋友介紹找了一、二個場子，又唱起了民歌。

回到南方，空氣很暖，我希望能找回當年退伍北上時那份熱情，一切重新開始。這一年，我已經跨過三十一歲，圈子裡開始有人叫我「黑哥」。但我又像年輕時一樣，背起吉他，四處走唱，尋找南一中以及台南眾兄弟姊妹的氣味。夜裡，一個人，一根菸，一張紙，一支筆，一把吉他，在屋子裡走來走去，或輕哼、或呢喃，或嘶吼，攫取紛亂的思緒，轉成旋律與詞句，於是奮筆疾書，於是撥弦趕譜，於是一首一首的歌紛紛成型。

我開始籌備自己的專輯。

這一年，我離開妻子、放下一切，我總是一個人騎著機車、背著吉他，除了到餐廳駐唱，便是遊走大街小巷，港邊與河岸，盡情將眼、耳、口、鼻，一切的感官打開，任風、雨、各種氣味、聲音、巷弄裡的人聲耳語，穿過我的身體。

關於創作，在台北那幾年的磨練，讓我像是一個身經百戰的投手，明白了快速直球、曲球、滑球、指叉球、下墜球、上飄球的技巧，加上內、外、低肩側投、高壓……等等投球方式。只是後來，我像是受了運動傷害，舉不起臂膀。現在我又重新站在投手丘上，把感官打開、眼睛張亮，重新感受風，看著打擊手，同意捕手的暗號，將靈感配合著技巧，重新把球投出。一次又一次，我終於找回當年創作的感覺與熱情。

年底時，我將所有的歌完成、敲定，送回台北編曲。隔年，農曆年過後，就在我三十二歲又零一天的晚上，正式配唱，開口唱的，正是我三十一歲零一天決定放下妻子、離開台北那一刻的心情。

站在錄音室，我將嘴靠近了麥克風，說眞的，第一次感覺到自己是如此卑微。從暗暗的配唱室往控制台望過去，過去的老夥伴正在調我的Tone，按下TalkBack跟我說：「唱！」在木吉他的伴奏下，我用像撥開雲霧、露出清晨第一道微光的聲音唱出這首歌：

愛上一個人，傷了一個人
有時用不了一秒鐘時間
慢慢地點燃一根煙，三十一歲零一天的男人
還困在時間裡面，還困在夢想裡面

慢慢地吐出一口煙，三十一歲零一天的男人
蓋不住疲憊的臉，還一直想冒險

但天很遠，我沒有翅膀飛
愛人也在身邊，她不了解我的傷悲
但天很黑，月躲在雲裡面
看似一樣的路，是該回頭？該後退？
怎麼走都不對

慢慢地點燃一根煙，三十一歲零一天的男人
還困在夢裡面，還一直想冒險

唱完之後，我突然覺得天不遠了，也不黑了。我又點起了一根煙，吐了好大一口氣，心裡感謝著每一個幫過我的人。

然而專輯的錄製並沒有想像的順利。當時網路已經開始興盛，錄製工作可以透過電腦，但我卻固執地要用錄音室、現場配樂、配唱的方式錄唱片。爲了籌錢製作，除了走唱，我也開始做點生意，賣起童裝。但恐怕我不是做生意的料子，貨款壓了出去，衣服卻賣得很差，原本想要多賺點錢，結果反而賠光了積蓄，於是專輯又延宕了下來。我只好在台南的餐廳、pub不停地唱，爲了錄音，又必須穿梭於台南、台北兩地。我本是夜行性動物，白天入睡，但是這段期間卻因爲期待和壓力過大，開始白天也無暇睡覺。

某些無法成眠的夜晚，我會焦慮地想要從樓上往下跳，這時，我忽然想起了阿德。我是不是也病了？

日夜無法成眠，專輯延宕不前，我終於看了醫生，確定自己患了精神官能憂鬱症。只好藉助於藥物，才慢慢走出失眠與焦慮的陰霾。

從專輯發想開始，已經過了兩年了。

我想起當時錄製的第一首歌〈三十一歲零一天〉，編曲的朋友在歌裡放了一點點〈小星星〉的音樂，想起他告訴我要永保一顆純眞的童稚之心。無論如何繼續唱吧！算一算日子，啊，竟然快三十四歲了。可是心裡那一點童心和對音樂的火苗卻依舊一閃一閃。我決定要不顧一切把我第一張個人專輯給生出來！

專輯一共丟入了一百多萬。老實說，這跟我以前製作唱片所花的錢，眞的算少了，但還是花光了我當時的一切。人最窮的時候，往往最敢。我把專輯印成一本小書，但最後一筆印刷費卻付不出來，CD卡在印刷廠裡。於是我只好向地下錢莊借錢，才終於順利發片。

然而就像剛出道的歌手一樣，除了一些朋友捧場，我的專輯擺在唱片行幾乎一動也不動。彷彿沒有人知道我、記得我，多年的努力，如今就像一張白紙。一個全新的人。

但最慘的不只這樣，別忘了還有地下錢莊。欠的錢還不出來，我開始三天兩頭挨討債的毒打。有一天，地下錢莊的小弟又到我的公寓準備開打，但那天我實在餓壞了，一點抵抗的力氣都沒有。「嘿，去幫我買個便當吧！我先吃飽，你再打。」

他愣了一下，穿著夾腳拖趴搭趴搭地跑去幫我買排骨便當。大概是第一次遇到苦主叫他去買便當，買完便當之後，他問我：借錢去弄啥小（sã`-siau`）？

我說：錄唱盤。接著便拿出CD放給他聽。

那個下午，我們一邊吃便當，一邊聽我的歌。他聽著聽著，誇我唱得很不錯。

打了一個沒錢又長的不像歌星的歌星。他說。

我跟他說：你也不像兄弟，別混黑社會了。特別是當小弟，真的沒前途，哪天被人砍死了都不知道。手上如果有了點錢，就快點跑路吧。跑的越遠越好。

接著，我跟他聊起我以前當兄弟的日子。聊起西門圓環那一帶的茶室、酒樓，還有賭博間，聊起那些原住民少女，聊起道上的規矩。他聽著聽著，知道我沒騙他。

也不知道是不是眞喜歡我的歌，他眞的跟我當了朋友，而且聽我的話，最後跑得非常遠。他先跟著別人跑船當船員，最後跑到巴西種蘑菇，賣起「太空包」，現在賺了大錢。

往事並不如煙。隔了一年半，我又出了第二張專輯《泥土》，這次改唱台語。而那位跑到巴西種蘑菇的兄弟，還借了一些錢給我。正所謂不打不相識，打出了眞交情。

這張專輯裡，我加入各式各樣的元素，布袋戲的、歌仔戲的、廟會的……把我從小接受的鄉土的、俚俗的音樂養分，一點一點，用創新的手法反芻出來，而往事便排山倒海而來。這時我的身邊充滿了各種味道，不單是味覺上的酸甜苦鹹，而是那些午夜曇花乍現的瞬間，戈壁沙漠狂吹猛襲的沙塵，安靜死寂的湖面寒煙，接近滿月時天上的星光，一雙舀起循古法釀製酸梅湯的乾癟老手，新生兒第一聲倒吊式的啼哭，你和我忍住不說再見的那一次轉身……。打開那些回憶中收集各種味道的罐子，我總是習慣配點酒或是抽根菸。你若問我這煙嗓子怎來？我只能說大概是這樣來的。

又隔一年半，這次又改發行國語專輯。我想起那些已經遠離的城市記憶。《城市》主要是寫人。記憶裡的台北總是那麼多人，但城市留給我的記憶卻總是孤獨與寂寞。夢想與破碎，膨脹與卑微，性感與荒蕪。專輯的感覺像是太空艙，或是一節節的車廂、一間間的房間，每一個空間都是一個填不滿的洞。

可以的話，我打算就這麼維持著一張國語、一張台語的交替製作方式一直寫下去、唱下去。

連續三張專輯都賣得不太好，雖然自己做得很爽。特別是第二張，找尋土地記憶給我的感覺如此踏實、美好。唱片雖小眾，但是樂評卻很讚賞，多少也有了更多自信。

做專輯的感覺像是在累積飛行的哩程數，在音樂的路上，一站又一站往前走。可惜連續發片，油錢幾乎燒光光，還欠了一屁股債。這段時間，我很窮，但只要不想太多，日子過得很快樂。

日子還是要過，歌還是要唱，我決定換一個方式唱歌。我找了幾個台南的創作人，組了個樂團，開始往老人院跑，唱給那些老人聽。我一邊聽老人說故事，也一邊採集那些早期台灣民謠的元素。

有時陣，我一個人抱著吉他，帶幾瓶啤酒，就在港邊或是廟口唱起歌來。〈安平追想曲〉、〈月夜愁〉……，就這麼一首一首地唱起來。

有時陣很傷感，在熱鬧的海安路上，人來人往，但真正停下來聽我唱歌的人不多。不過我心裡是自在的，就讓我的歌聲隨著晚風飄散，穿過巷弄，飄向海洋，我想要這樣唱。我開始自稱「流浪漢」，在府城的大街小巷遊蕩。

到老人院唱歌其實非常美好，如果你看到那些坐在輪椅上的老人，聽你唱起他年少時的情歌，那原本已經麻木掉的臉，突然滑下了淚水，你會唱到自己都哽咽，感動到好幾個禮拜吃飯，都會想起那些臉。

錢少，但日子卻逍遙，相對於那幾年台北的生活，從一個流行音樂的創作者，變成一個非主流的民謠音樂創作者，我覺得這好像才是我想追求的生活。

新的專輯也就這麼慢慢等著。原本想要發行的國語專輯，也就這麼慢慢放著，琢磨多年，始終難產。

這時和朋友組了樂團，也開了公司，夥伴問我：黑仔，總要發片吧？

整整已經七年沒動靜了。這年，我撿拾了過去十年來寫的台語歌，那些終日穿梭在台南大街小巷的生活經驗，這一年最後一天，就當是要迎接新的一年似的，終於把這些歌全部錄唱完畢。我思索著要爲這張「撿」來的專輯取什麼名字好？結果發現每一首歌都在講台南。我的故鄉，我的愛人。所以就任性地取了這個一個地方的、沒有市場性的專輯名稱——《台南》。

簡單到近乎廉價的封面，大概說明了我當時的經濟狀況。但是每一首歌，卻是放盡了我所有的生命和感情去唱。

只能說，人生的光總是出現在最意想不到的時刻。二〇〇〇到二〇一三年，整整十三年，該忘記我的人，也許都已經忘了我了。我的頭上開始冒出了白髮，我像是一個全新的老人，帶著一張全新的專輯（即使這裡面的歌寫了十年），用老老的聲音，唱一個老城市，唱老城門，唱屎溝墘、唱五條港邊，唱安平的金小姐……。

這樣一張沉潛多年的專輯，意外席捲了那年音樂獎的台語獎項，包括單曲、專輯和歌手，這年我四十四歲，但或許看起來不只。那個本來困在時間裡、困在夢裡的人，終於走出來被更多人看見。有一點光榮，有一點飄飄然。

只是回到家裡，我站在鏡子前，看來看去，覺得眼前的人還是沒變。我還是繼續去活動中心跟大家聊天，去養老院唱歌，去便利商店幫姪子收集貼紙。大家依舊叫我黑哥，當然也有些人會大聲叫我「金曲歌王」。而距離那些老日子，既是在眼前，我想也還有一段時光。

十五、迷離隧道

陳蕊

烏雲如巫婆的斗篷緩緩從台北101巨柱的頂端覆罩而下，天色霎時轉暗。此刻是下班尖峰時間，車子一輛輛湧上信義快速道，將盤踞在城市上方躁熱不安的風，一起捲進漫長的隧道。我駕著我的白色小車也夾雜在要命的車陣之中。

這是我第五次與L見面了。

我很想快一點往前衝，雖然此刻我想起網路上一個網友說起她的婚外情，說那個對象男人總是沒耐性。每次約會見面總像火燒屁股一樣急著脫掉褲子，然後就把她壓倒在床上。當他的器官插入時，除了感到灼熱和刺痛，便只有聞到他嘴巴裡傳來的蛀牙味道。浪漫的想像最後只有換來腐敗的愛情，就像他嘴裡發出臭味，酸、悶、且有點噁心。進入時的塡充感抵不過抽離時的空虛。但此刻我還是忍不住想往前衝，我不知道接下來我們之間會發生什麼事，但我相信絕不會是這麼糟的故事。

這幾年我的臉上只多了一些細紋和一塊小小的孕斑，出門前，我仔細地用遮瑕膏蓋住了它們。除了腰身多了一圈，我猜想打扮後的自己看起來大概只有三十。

但這個車陣到底還要塞多久？我都不免昏昏欲睡了起來。我閉上眼睛想著今天L排定的行程，先去公館看場電影，接著再去台大校園裡散散步，彷彿少女時代的戀愛行程……

昏昏沉沉中，車子似乎往前動了一下，我半閉著眼睛，勉力地多踩了一下油門，往前奔馳。就在我多踩一點油門的那一刻，一隻巴掌大小、五彩斑斕的蝴蝶，從我的車窗旁邊翻飛而過，我微側過頭，想看清楚這魔術時刻……

●

僅僅兩秒鐘時間，我聽到車子乒乓兩聲，感覺已經撞上了前方停住的車子。又乒乓兩聲，後車緊接著追撞上來。

我的白車像夾心餅乾餡一樣卡在兩車中間，前後都凹了進去。

前後車的車主紛紛走出車外，除了我的膝蓋瘀青，其他兩輛車上的人，看上去都沒有大礙。

他們的車子各凹一塊，一人一塊，我兩塊。

由於一時不知如何反應，我們三個人全都客氣地不發一語，而塞車的喇叭聲和叫罵聲在隧道裡卻不斷地放大、迴旋，將我們的沉默烘托得格外詭譎。

不久後，警察前來拍照、測量後，如一道往天上飛去的車子，將我們連人帶車帶離現場，回山裡的國道警局做筆錄。遠離車聲、人陣的警局，幽靈般佇立於無人的山腰，讓整件事顯得有些不真實。

漫長的酒測、筆錄之後，警察清了清喉嚨說：「聽好了，根據現場的車輪軌跡及車輛毀損的情形看來，第一輛車已經停下來了，但第二輛車並沒有保持安全距離，導致剎車不及撞上了前車。而最後一台車，可能是反應不及而追撞前車。」警察頓了一下，接著說：「車禍有時很難斷定絕對的對錯，到底是前面煞車太急，還是後車沒注意，但鑑定結果，第二輛車的車主應該負較大的責任。」

直到此刻，我才恍惚知道自己是肇事者。

警察也許有意通融，做完了報告才輕聲問我：「妳怎麼了？在車上打瞌睡嗎？」

我漲紅了臉，一時無語，接著竟老實地說：「沒有啊，是因爲有隻蝴蝶飛過我的窗外，我一時分神才會這樣。」警察這下不說話了，嘆了口氣，似笑非笑地看了我一眼。

做夢也沒想到這句話是麻煩的開始。出了警局，大家開始怪罪我醒著在隧道裡做白日夢。

「隧道裡飛來蝴蝶？妳如果說隧道裡突然飄出一疊鈔票，妳想出去撿，我還覺得比較合理。」第一輛車的車主挺著大大的啤酒肚，原本看似和氣的他，被這麼一折騰，忍不住罵人了。後車那個年輕男子比較安靜，他摟了摟身旁女子的肩膀，只是斜著眼靜靜地盯著我，癟癟嘴，倒是一句話都沒說。

隔天早晨，我在一陣刺耳的電話鈴聲中醒來。

「小姐，我是昨天跟在妳後面的那輛車的車主。事情有點麻煩喔，昨天緊急煞車，安全帶急拉之下，壓到我女朋友的肚子，而且她受了很大的驚嚇。她昨天一直很安靜，所以妳大概沒沒仔細看到，我女友其實已經懷了五個月的身孕了，結果昨天這一撞，我們的車子還算好，但我們的孩子沒了。原本下個月我們就要結婚，禮宴更是老早就訂了，這下好了，她傷心過度，說這一定是天意，婚暫時不結了，要取消婚禮。小姐啊，唉，妳還眞行，妳說我現在怎麼辦？事情全泡湯了。」他頓了一下又說：「現在最容易處理的大概是我的車，妳有保車險吧？我修車的錢該你付吧？……更糟糕的是，我們印喜帖損失、醫藥費、心理受創的損失、沒車開的不便，妳說該怎麼辦？」

該怎麼辦？這根本是恐嚇勒索！可惡，這小子會不會太會編故事了？還有我自己留在修車廠的車，既沒保車損險，車壞了也得自己出錢修，大修下來要十幾萬，很不值得，報廢又太可惜。這車的窘境，簡直就像我的人一樣。

一連幾天的電話惡意騷擾，我瞞著先生，也不敢找人商量，始終想不出最理想的對策。

這天，我搭捷運到龍山寺拜拜，希望菩薩保佑接下來我可以想出對策，平安順利度過。在慘白搖晃的車廂裡，一切都變得虛幻起來。我往椅子上癱坐，疲憊不堪。「我不要這樣的車禍事件簿！」我昏昏沉沉地搖著頭，腦中一陣搖晃，感覺好像有一個東西從我的頭裡甩了出去，而時間彷彿子彈射在防彈玻璃上，瞬間凝結、裂成蛛絲狀……

●

「碰！～」我的白車又撞上了前車。車頭整個撞凹了，血像紅墨水一樣在我的額頭上暈開，在一陣刺耳的喇叭聲中，我模糊地看到前車走出一個男子，正拿起打手機撥打。不久警車的警笛聲由遠而近呼嘯傳來時，我再也支持不住，一陣暈眩，所有的聲音、影像，都消失不見了……

在醫院裡醒來的第一眼，我看見一個穿著白色襯衫的年輕男子坐在純白床單的床沿。他見我張開了眼，先是對我一笑，然後告訴我：「警察測量過了，大致確定是妳失速或剎車不及，撞上了我的車。妳受傷昏了過去，一時間也無法聯絡上妳的親人，剛好我下班後也沒事，便坐在這裡等妳醒來。」

「妳的車有保險吧？」

我點點頭，幸虧當初多保了車損險。

「人呢？」

我尷尬又靦腆地笑了笑：「還好，我也保了意外險。」

「那就沒什麼大礙，一切交給保險公司處理就行了。」

「啊！眞對不起，你沒事吧？」我這時才猛然想起是自己闖的禍，趕緊道歉。

「我沒什麼事，當然車有事，雖然是妳撞上我的，但我還是來看看妳怎麼了，也想確定一下肇事原因。」

「唉，眞的很抱歉，我會撞上你的車……是因爲看到有隻蝴蝶飛過，所以……」

「喔，爲了閃蝴蝶，還是？」男子笑了。「我在美國念書時遇過一個女孩子，因爲要閃一隻跳出來的松鼠，結果撞到了樹幹。還好她撞到的是樹幹，不是山壁或懸崖，不過她自己的車卻慘了，一隻腿還骨折呢。」

「我不是要閃牠，我只是看到蝴蝶飛過，一時就分了神。唉，眞的是對不起。」

男子一直盯著我臉，彷彿想從我的酒窩裡看見我的過去。「我坐在這裡看妳，總覺得妳好面熟，妳讀大龍國小嗎？」

而恍恍惚惚中，我也想起某個孩子稚氣的臉，遙遠的五官慢慢與眼前的男子重疊。「你是……阿忠？」

簡直像偶像劇的情節，出車禍撞了別人，在醫院裡昏睡，醒來卻發現前面坐著的男生，是失散多年、曾經暗戀過我的小學同學。經過這麼多年之後，我們終於在隧道裡重逢，然後在病房裡回想起的童年歲月……

「妳說妳看到的是怎樣的蝴蝶？」

「黑色的鳳蝶，尾巴好像摻了一點白色和黃色。」

「喔，聽妳這樣說，大概是玉帶鳳蝶的雌蝶。台灣低平山區都算常見。信義快速道穿過象山和拇指山，隧道兩旁都是樹木，我每次開車經過，也常看到成群的紋白蝶飛舞，所以有蝴蝶飛進隧道，並不奇怪啊。」

「你好像很懂蝴蝶。」

「還好，看看圖鑑，到郊山走走時注意一下，知道一點點常識，不算是專家啦。」

我想，隧道裡飛過的蝴蝶大概是邱比特的箭吧！出院後，我和阿忠開始甜蜜交往，像快轉的愛情喜劇，過程平滑甜美得如同旋轉的霜琪淋，空氣裡還彌漫著棉花糖的香味。

重逢與相戀大約半年多，我和阿忠步入了禮堂。

新婚的蜜月時光，我們倆偶爾會在下班時趕場電影，假日時爬爬郊山、逛逛花市和書店，感覺和談戀愛時差不多，只是躺在一起睡覺、說話、做愛的時間比婚前多很多。

接著，我如願懷孕了。慢慢隆起的肚子以及腹中寶寶的一舉一動都顯得異常神祕，寶寶有時會伸出小手小腳劃過我的肚皮，想要伸展它的世界，總讓我興奮莫名。同時，也有點措手不及。生活就像那脹大的肚子，充滿了未知的想像與一點點壓迫感。

但是阿忠好像不太能感受我這樣的轉變，特別是懷孕的後半期，我只想待在家裡，而阿忠似乎比我還不適應即將到來的小生命，一到假日，他常常忍不住往野地裡跑，他說要去找蝴蝶，便把我丟在家裡。

小學畢業之後，阿忠和我讀不一樣的國中，後來高中讀了美工科，接著考上大學美術系，又在美國遊學一年。他喜歡看電影，也喜歡到野地裡走走，看花草鳥樹昆蟲。我喜歡看電影，但是對於野外卻沒那麼熱衷。畢業之後，阿忠在廣告公司做創意。廣告和公關，某種程度，我和阿忠的工作非常契合，兩個操勞無度的工作，特別是廣告業。所以每次加班加到三更半夜，也總能彼此體諒。

懷孕之後，由於體力不佳，我開始思考是否要離職在家帶孩子，順便接一點兼職的工作？

一個秋涼之夜，我安靜躺在醫院冰冷待產室裡，肚子像快爆炸的鍋爐，等待孩子降臨。阿忠加班到最後一刻，才匆匆從辦公室裡趕來。當陣痛有如滾刀要衝破下體，我再也忍不住時，醫生像天神一樣推開手術房門，背後的日光燈像是他身上發出來的光，接著醫生拿起剪刀一刀劃下，嬰兒便隨著羊水咕嚕咕嚕滑出我的身體。

斷斷續續的嬰兒哭聲從此改變我的小宇宙。

自從陪伴孩子開始，我清楚知道自己和寶寶間的無形臍帶是永遠都不會脫落了。我辭掉了工作，開始在家裡接一點翻譯。一開始有點小辛苦，但工作還是比全職的上班族輕鬆，至少我可以自己照顧自己的孩子，不像我以前的同事，每個人都是請二十四小時的保母或是交給外婆帶，直到周末才把小孩接回來。然而新生兒混亂的生理時鐘，卻讓我亂了陣腳。每隔幾小時，寶寶不是餓了就是尿溼，弄得我神經緊繃，精神極度耗弱。

阿忠這時升上了創意指導，應酬、加班也越來越多。孩子的哭聲，以及先生持續不斷夜歸，讓我們之間的溝通日漸縮短。對話暴躁，話題除了孩子之外，開始出現斷層。我不關切時下的新聞，他則不想聽我的抱怨，明顯的男主外、女主內的分工方式，竟像一把刀，將我們兩人的生活硬生生切開。我們越來越像兩個運轉軌道不同的遙遠星球。

「我不是不想早點回來啊，但有了寶寶，這個家總得有人更努力賺錢才行。」阿忠總是這麼說。

只是當我在夜裡被孩子的哭聲吵醒，趕緊餵奶、換尿布，好不容易把寶寶哄睡。才剛躺下，卻睡不著了，丈夫不在身邊，空虛感猛然襲來，我覺得當年隧道裡那些關於蝴蝶的種種美麗牽連，越來越像是一場夢境，而且是彩色急轉黑白的夢。

還好孩子開始會走路、說話，會乖乖睡覺，作息趨穩了，接著總算開始上幼稚園，但先生晚歸的日子卻越來多。夜裡百無聊賴、睡不著的我，開始迷上了網路交友。眞假摻雜的網路世界實在太迷人了，而「蝴蝶」則成了我的網路暱稱。

我在A交友網站化身成爲正在讀大學的女學生，這樣的僞裝不難，像是回憶自己最美好的大學時光。在B交友網站，我又化身爲工作無聊苦悶的女祕書，這也不難，畢竟我也上過好多年的班，知道那些整天被老闆呼來喚去、處理大小瑣事的女祕書，下了班是多想一吐怨氣，順便施展她們那白天還未全然釋放的女性魅力。

當然，每當我夜半聽到小孩哭聲，轉身去餵奶或換尿布而離線太久時，或許有人懷疑過我是個苦悶少婦，或是明明和男人同居卻慾求不滿，總是在夜半上網獵男的花癡吧？

網友中，最吸引我的是L君。他敏感、細膩、幽默，卻很少過問我的私事，也從來不急著約我出來見面。每次一上網，我總是特別期待L的訊息，聽他分享他在工作上一些有趣的事，聊聊最近看了什麼電影和書，以及對最近發生的新聞事件的看法。跟他聊天彷彿在充電。是的，我簡直渾身都充了電。

洗澡時，我開始注意身上的肥肉，並決定減肥，每天只吃兩餐，睡前倒立半小時。還偷偷買了幾件性感內衣，藏在床底下，紫色刺繡薄紗和紅色鏤空滾黑邊的。

幾個月後，晚歸的先生才發覺我睡前倒立的舉止古怪。我便告訴先生這是為了防止子宮下垂並且緊縮陰道。

「喔喔，陰道啊……」他聽到這兩字彷彿像在搜尋著遙遠記憶。不一會兒，我轉過頭，發現他已經昏睡過去。

唉，算了吧。

畢竟此刻，除了小孩，我的人生還有一點光亮，在電腦螢幕前閃爍。

彷彿等了半世紀之久，有一天，電腦螢幕那頭終於閃著我期待的問句：「下個星期有空嗎？想不想去看場電影？」

看電影？有了孩子後，我已經多久沒看電影了？

這天，晚風騷動，我們總算要去看電影了。

我刻意上了點淡妝，塗了粉色腮紅，穿了件水藍色雪紡紗洋裝，並將頭髮放了下來，梳了瀏海，讓自己顯得年輕許多。

出門前，仔細交代了臨時保母，十一點前一定會回來接小孩。

初次和網友看電影、初次在晚上將孩子交給臨時保母，車行在隧道裡，我一會兒想起孩子，內心不免擔憂；一會兒又想像此刻不在家的丈夫，是否正與陌生女人纏綿？懷疑與怨恨在心頭交織，使得我更加理直氣壯。

很快地，我又想起待會兒要見面的L。在幽暗的電影院裡，經過一場電影的情緒蘊含，出了戲院，走在暗巷，L會不會情不自禁地拉我的手，或是吻我？

我輕撫著耳朵，心臟狂跳了幾下，一時心醉神迷，微微閉上了眼睛。

●

嗡嗚～嗡嗚～嗡嗚～

我突然驚醒，白霧哄然散去，一輛救護車從擁擠的車陣中殺出一條路，緩慢地從我旁邊駛過。啊，我竟然在隧道裡睡著了。塞成這樣，原來還發生了車禍。而且老天爺，我竟然在隧道裡做起白日夢，還是連續情節的兩個白日夢，眞如南柯一夢。車禍時那「碰碰」幾聲在隧道裡被放大，即使在夢中都聽得清楚。而今天的隧道也實在塞得太嚴重了。

隧道裡的這場車禍讓車子大排長龍，往前艱難，往後也堵到看不見尾端。今天的約會眼看是泡湯了。

唉，為何人生總在關鍵時刻卡得動彈不得？

許多人卻都焦躁無奈地搖下了車窗，有幾人乾脆走出車外。包括一個大肚子的年輕女子、穿水藍色雪紡紗洋裝少婦、啤酒肚的中年上班族、穿白襯衫的年輕男子，還有一對情侶或夫妻……大家全都塞在隧道。

突然，隧道裡飛來一隻鳳蝶，無視這一切壅塞，牠拍動翅膀，輕輕躍過人們的頭頂，拋下我們這群迷惘、焦急的人，往出口飛去……

●

固然那天車子塞在隧道裡而約會泡湯了，但其實並沒有停止我和L的第五次、第六次、一直到第N次的約會。

隧道裡發生的兩段故事是夢境，但是之後的汽車旅館、按摩浴缸和八爪椅卻非夢境。L並沒有啤酒肚和滿嘴蛀牙，偷情的滋味確實帶著甜蜜與刺激。而我也開始注意身材與打扮，生活中增添了幾分神奇活力。

每次在旅館，在最狂亂時，L總喜歡問我有什麼性幻想？比如被綑縛？或是3P、多P？公車上的癡漢強暴？甚至雜交派對。他說的大概都是一些我們躺在摩鐵時看到的A片的情節。老實說，有些雖然會讓人興奮，但有些卻有點噁心。我閉上眼睛，自己想像畫面，想像隱密的羞恥感和公開的興奮感交會的那個界線，想像野合。於是我說：「我想像我們開一台電子花車那樣的卡車，沿著海岸一直開，夜裡到達一個沒有人認識我們的鄉鎮，搭一個野台。我們在野台上做愛給大家看，像八〇年代末的電子花車，這大概是我覺得最興奮的性幻想了。」

但L仍堅持問我喜不喜歡繩縛或是多P？要我想像一下被綑綁或是被多人插入的感覺。他甚至想說服我哪一天多找一個男人跟我一起做愛，「那樣妳會很舒服。」他說。

「我其實只要你就夠了。我真的覺得和你戀愛因而做愛的感覺很美好。」

從網路到實體，我和L交往了一段時間後，卻發現他有了新的對象，是另一個網友，就在我們那個聊天室。他開始對我冷淡，並且出言傷害，說我個性自私、小氣，不肯付上摩鐵的錢，太過自戀。他說他當小王很委屈，而且他從．來．沒．有．一．天．愛．過．我。（他在MSN裡用標點符號拉長了句子。）

我在電腦那頭，眼淚也像句號一樣一點一點地落了下來。這樣從狂亂甜蜜的做愛，到被冷落、拋棄，還被嫌棄；從天堂到地獄，不過才幾天的時間而已。

我簡直要崩潰了。我告訴L我離不開他的身體了。請L不要拋棄我，我願意做他的小三，就算委屈，就像他當時做我的小王，一如他說的那種委屈。再委屈我都願意。

但L說我不切實際。我告訴他，我對他是眞心的。我求他再見我一面。

終於，他怒氣沖沖地出現了，幾乎要動手打我。我求他不要離開我。他不說話，終於伸出手，我以爲他要抱我，結果卻將我推到牆邊，壓在牆上。那天氣溫很低。我的臉貼在冰冷的牆上，眼淚便順著牆流了下來。

那些日子，我盡量避開先生的注意，但還是魂不守舍了好幾天。

L終於在網路上敲我，跟我說話了。他告訴我，我的不切實際把他逼得快瘋了。

「性和愛可以完全分開的，妳不知道嗎？妳可以不必有愛情，但依舊擁有美好的性愛啊！妳要學會性自主、性解放，妳就不會因爲和先生感情變淡、性生活不美滿而痛苦了，而且妳可以享受性愛過得很快樂啊！我也想通了，如果妳那麼喜歡跟我做愛，我還是可以跟妳做，只是請妳不要把性跟愛情畫上等號。我這樣已經對妳夠誠實夠好了。」

L要我想清楚，要我當新女性。他叫我不要在他面前哭了。他說他不喜歡我的個性，但性愛技巧還可以。他又一次問我願不願意和他搞3P？

「如果妳願意，這次我請客，旅館的錢我出。這樣夠意思吧？」

我陷入痛苦的掙扎，動不動就淚流滿面。我想起了大四那年認識的F。他說他喜歡我的手、我的嘴，但是從不說喜歡我的心。

性愛分開，我就解脫了嗎？

就在我快答應L的要求時，有一天，我先生下班時，交給我一個信封。打開信封，是我和L走進摩鐵的照片。

我嚇傻了。

「妳當我白癡嗎？妳那天一邊的臉腫起來，又接連好幾天魂不守舍。」

我的先生C冷冷地問我：「妳打算怎麼辦？」

我嚎啕大哭，悔不當初。

哭了好久，我才冷靜下來。我進房間，也拿出一張照片。

那是我先生C和護士在車上接吻的照片。時間是一年半前。

那是在SARS的隔年。SARS那年，台北從危城到圍城直到再見曙光，每個人在心裡都經歷過一段漫長的時光。先生雖不是大醫院第一線接觸危機的醫生，而是耳鼻喉科診所的醫師，但卻是第一線接觸任何可疑口鼻的醫生。那陣子我們如臨大敵，先生每次進家門都先自動噴灑酒精消毒液。因爲家中有幼兒，他更是主動和我們保持距離。他不帶任何情緒與表情的標準動作卻總是讓我感動莫名。他那麼平靜，好像隨時都可以獻身於這場瘟疫，隨時可以消失不見，但是他卻不曾間斷的提供我們金錢與物資，彷彿他是隨時可以犧牲的人。在那段時間，他甚至和我分房，一直到台灣從SARS感染區除名，整整快四個月的時間。

可惜那之後，分房好像合情合理。在忙碌的育兒生活中，少了與C的身體接觸，反而輕鬆起來，除了心理上寂寞感越來越強。

眞正脆弱不堪一擊的人或許是我，我開始沉迷網路打發時間，找尋感情慰藉，並不是那麼在乎C日常生活壓力的排遣。他有如一台安放在屋中的提款機。

事發那一天，我似乎感冒了，喉嚨非常痛，我請媽媽來幫我帶孩子，沒有事先打電話，一個人搭車跑到C的診所。那天午休快結束了，先生大概用餐回來，他把車子停在路邊，我正要走上前，卻發現護士也在裡面。就這麼湊巧地拍下這張我不知道如何反應的照片。

已經是一年半前了。

一人錯一半，我先生也不說話了。

爲了孩子，我們不打算離婚。加上離婚對我先生不利，他有錢，離婚需要給我的贍養費太高。而我自己發生了這樣的錯事、蠢事，也不敢要求離婚，因此協議分居。這樣也好，我要開始練習獨立了，畢竟，這也是我要的結局。

十六、告別　S君

回到台灣，多少有點意外。畢竟金融海嘯的時候，我都挺過去了，還幫公司開創了另一個新事業的版圖。但是江山打下來，卻是一代新肝換舊肝。眞要說外商無情、高科技爆肝，雖是實情，但在高速競爭下，一切無非是雙方各自的利益考量。

平心而言，當我年輕力壯時，公司也給了高薪和完善的福利，先是在美國提供完整的訓練與優渥的薪水，改派中國之後，一切也讓我指揮調度。只是中國的崛起太快，人才虎視眈眈，我的接班人，一個道地企圖心強的上海人，由我一手拔擢，隨我開拓市場，他也有功勞。只是他大概也等不及想要坐上我的位子，而公司則打算將我調回台北，接手全球新事業部門，但中國區的總經理就必須拱手讓人。雖然位階更高，但已經不是在一級戰區直接衝鋒陷陣的角色，在中國市場開疆闢土的輝煌歲月，要暫時畫上句點了。某種程度上，公司認爲讓我在階段性任務完成後，以更高的職位培養我宏觀的全球視野，也算是對我的栽培吧。但怎麼說，我都還是有那麼點不捨在第一線調兵遣將的豪情壯志。

既然是回台灣，轉換新職務，加上也有其他公司向我招手，左右衡量一下，老公司也服務了快十年，看來是緣分已盡，就跳槽了。

「故鄉」這兩個字對我來說眞是悠悠晃晃、意義模糊。小時候總聽父母親提起他們的故鄉，說起那些回不去的鄉愁。加上父親的職務幾次調動，高雄、台北、台中都住過。我的成長歲月也就在這島上北中南搬遷，加上大學在新竹、當兵在高雄、研究所在加州，工作在台北，接著又調往波士頓與中國上海，現在又回到台北，人生是一連串的飄泊。倘若落地爲鄉，我的故鄉也是意義多重。特別是這幾年在中國的意氣風發，某些時候，我確實想要把上海當成長久居住的地方，但有些時候，我也想念還住在台中的父母親。

這些年父親年紀大了，固然回過老家幾趟，去過大陸好些地方，但怎麼說都好像習慣台中的家，吃的、喝的、用的，都已經習慣了，許許多多的回憶堆滿在屋子裡。這陣子爸的腿不好了，不太到處旅行，偶爾還是會念起家鄉總總，但有一回，他看著窗外，突然問媽：「錦琇，我也走不太動了，我想妳也是。以後我走了，把我葬在高雄吧。畢竟咱們在那兒遇上的，眞要回去，隔一個洞庭湖，我也捨不得。」

對我而言，所謂的「故鄉」，那就是母親做的菜和她的廚房。

雖是外省第二代，但不同於眷村孩子，父親配給的公家宿舍，比眷村的房子寬敞許多，庭院裡還種了桂花與杜鵑。父親宴請同事，總是捨餐廳而擇家宴。一來是公務人員的餐宴經費有限，二來恐怕是父親想要炫耀母親的好手藝。母親自然也就把廚房當成她的舞台，大小節日的菜餚從不假手他人。端午的粽子、中秋的月餅，更別說是除夕夜的年夜飯。母親也在廚房中拿捏出記憶裡老家的味道。

母親是將軍之女，少數在一九四九年漂流過大江大海來到台灣的女孩。父親是跟著老蔣總統一起過來的專業稅務人員，兩人前後都在高雄登岸。母親當年正在高雄念中學，出落得亭亭玉立，有一天騎單車在路上，和父親擦身而過，差點撞上。父親就此記住了母親的制服，那之後就不時到母親學校門口盯哨。母親中學畢業沒多久，就嫁給了父親。而那時，父親已經是高雄稅務處的科長。科長的薪水固然不高，但也不算寒酸，父親又比母親大上十來歲，疼惜這麼一位年輕美麗的妻子，所以母親畢了業之後，也就沒上過一天班，在家相夫教子，洗手作羹湯。

這麼多年來，母親最華麗的盛宴莫過於年三十的團圓飯，不管天上飛的、地上爬的、水裡游的，全都上桌，還把這團圓飯取了個「四海一心」的名。媽還說，小時候在老家，一到冬天，家裡就忙著醃臘肉、灌香腸，彼時她年紀還小，就只是跟在大人的後面團團轉，結婚後，腦海裡總想起兒時過年家中庭院裡的熱鬧氣氛，於是開始琢磨這些味道。

母親總早在農曆年前一兩個月就開始準備食材，吆喝我們把身經百戰的汽油鐵桶抬出來，不過十來道菜色卻有將近百道的食材。母親自市場買來的全是新鮮的原始食材，至於臘肉、香腸、燻魚、烤鴨，乃至甜點、豆豉、辣椒醬和泡菜，母親一律親手製作，絕不購自市場。母親心中自有食材製作的時序，於是那一兩個月裡，庭院中時而飄出炭火稻殼香，時而香腸、臘肉掛滿曬衣竿，我們便聞到那陣陣的乾肉味兒。母親便這麼一路忙到年三十晚上，當她將十來道小臉盆大小的佳餚排上桌面，那股圓圓滿滿的年味兒，就湧了出來。

有時父親也請一些同樣是大陸撤退來的單身同事到家裡吃年夜飯，解解鄉愁，象徵性地有家人團圓一下。漸漸地，母親的手藝名聲也就傳了開來。

許多美國人認識台灣人是從李安的電影開始的，在美國讀書的那一年，《飲食男女》在加州上映，大夥兒或許記得郎雄和他的三個女兒以及圓山飯店，可我印象最深的，卻是那個燻肉大鐵桶。

我終於明白爲何食物是鄉愁。

母親做的菜，說到底，最捧場的還是父親，結婚五十多年來，幾乎天天回家吃晚餐。不像我們這些孩子，上了大學就整天往外跑。像我，這二十幾年來更是到處遷徙。

不知是否風水輪流轉，這幾年因爲岳父和岳母身體總是有些小問題，於是換成老婆裡裡外外忙得不可開交。三天兩頭不在家，猛往南部娘家跑。還好兒子念私校，後來乾脆讓他住校，六日才回家。老婆這一年起，平日便開始住在娘家，周末才回到台北。倒像是二〇〇〇年我剛到大陸工作時一樣，我們又過起聚少離多的日子，只是這次離開家的是老婆，固然對她來說，也算是一種回家。

除了懷念食物，回到離開近十年的台灣之後，老實說也有點陌生了起來。這些年台北並不是沒變化，只是變化不像上海那麼快，相較起來台北的步調好像慢了下來，想想也好，似乎也吻合了我現在的心情。

應該不是我的錯覺，台北這幾年似乎也和我一樣懷舊了起來，東區裡多了好些懷舊的館子賣起「眷村菜」。說到底，我雖不是眷村出生的，但母親的手藝基礎也是源自她在高雄眷村的成長經驗，加上台中的眷村多，我很多哥兒們都是眷村出生的。在眷村裡，灌香腸、醃臘肉、做年糕這些事都是互相幫忙的。小孩則喜歡幫忙做麻花、炸麻花。媽不讓我們靠近火，所以我就去眷村的同學家，看他們在院子裡起一個木炭爐子，用來蒸饅頭和炸麻花，我們就這麼一邊炸麻花，一邊享受玩火的樂趣。眷村對我而言，也是熟悉的氣味。所以，有時不能回台中吃母親燒的菜時，我便偶爾上這些館子打打牙祭。

有些老的建築物，大夥兒也開始喊著要保存（但那些太醜的房子，我覺得就快點拆了吧），然而台北這些房子再老也老不過上海那些洋房還有黃浦江旁的石庫門。老房子一樣搞起了文創，這點和上海田子坊弄堂裡的那些石庫門一樣。

不過我懷念的終究不是房子，而是人。當四周景物不再熟悉，我總是想起了以前的同學、朋友。回台灣之後，常連絡的朋友也都是大學、高中的同學。

有時也因爲客戶往來，經常回到新竹。回新竹，不免也想起大學的時光，和女朋友同居的那些日子，還有那些匆匆一過的沒能交往的女孩子。

年輕時血氣方剛，我總記得那些一次又一次的旅行。通常是騎車，還有在美國加州開車的那趟公路之旅。

還記得是在高二的時候，那時我讀一中，連駕照都沒有，便偷偷借了同學哥哥的機車，載一個女中的女孩子到東海大學，晚風吹過發熱的身體，但畢竟什麼也不敢做，回來的時候還被父親發現，大罵一頓。之後，我便不能再瞎玩鬼混。接著，也高三了，努力K書一年，還算爭氣考上新竹的大學。

考上大學之後，理工科課業重，除了忙著應付功課，剩下的有限時間就是參加社團，接著就遇到了我的女朋友。學校男生多，追女生競爭多，也虧女友陪伴，這一陪就決定終生了。一切都是命中註定。

另外印象深的，就是大三那一年的陳蕊，以及畢業旅行時遇到的那些女生。就這樣，想想挺單純。

反倒是這些年在中國大陸，不管是和客戶應酬共飲胭脂水酒，或是和招商的大陸女官員打情罵俏，這一路鶯鶯燕燕，我倒是見的極多。只是我一直沒有暈船，始終沒在情感上出軌。有時，我應酬結束，一身酒味躺在老婆身邊，不免想：我的妻子會知道這些事嗎？

我相信她是知道的，只是不說破罷了。

回台北之後，這些事幾乎從我生活中消失了。剛回來頭幾年，兒子讀小學，上班前，我便先送小孩上學，若不加班，下班後又接兒子回家，接著和老婆在家看看電視、上床睡覺。全然過著一種小清新、小確幸的生活，健康的不得了。

這一年，老婆回娘家照顧父母，兒子上了初中開始住校。下班之後，除了上健身房，回家上網、聽音樂，周一到周五，真像恢復單身的生活，有時還真不知該到哪裡消磨？

告別上海之後，你問我會不會想念那些逢場作戲的女人香？除了那些事業上的開疆闢土，老實說，還真是有那麼一點點。

十七、純真咖啡館

陳蕊

「分居」一開始，我和先生還是住一起。白天小孩上課，這個暫時空無一人的家依舊是我的寂寞王國。不過，我開始外出找一點工作，作爲眞正分居的準備。

經過這麼多年的變化，公關業自然是回不去了。起初我看上附近的「亞藝影音」出租店，心想當個店員門檻不高，既可以賺零用，又可以看片，大概是最適合我愛好的工作。但是出租店裡既沒有貼出徵人啓事，且裡面工作的店員看上去都只有二十出頭，也不知道用不用我這樣的二度就業婦女？問了店長，他很直接地上下打量我一會兒，搖了搖頭。

後來又看上附近一家安親班，每次送小孩上學總會經過，當初雖沒將女兒往裡送，但老闆每次見我帶著女兒經過總跟我打招呼。這天見他們貼出了徵「美語安親班老師」的紅紙條，我走進去跟老闆聊了一下，說自己是留美碩士又有小孩，教兒童美語絕對沒問題。沒多久就抱了一疊他們用的幼兒美語教材跨出了安親班。準備好下個星期就正式上班。

只是沒想到上課頭一周就因爲沒辦法讓小朋友安靜坐好，不知該如何維持團體秩序，而被安親班園長說bye-bye。

這天，我坐在公園裡發呆，看地上的落葉被風吹起來，轉了個圈，又落回地面。

所有的事情要重新開始好像都不容易。

看來只好先付學費了。我開始固定到幾家喜歡的咖啡廳喝咖啡，試著將所有的咖啡豆都喝一遍。豆子名稱、產地、莊園、淺焙、中焙、深焙、水洗、日曬等等，當然最重要的還有口感氣味：怎樣的酸味，怎樣的苦味，怎樣的香氣。拿我喜歡的耶加雪夫來說吧，它產自衣索比亞，有明亮的檸檬酸味，帶一點蜂蜜和茉莉花香。明亮是對照比較厚重的酸味，比如肯亞AA的酸，就帶著烏梅和黑醋栗的味道，有著奶油和杏桃的香氣。不同的烘豆師，烘豆的好壞有差。但一般人，包括我，也分辨不了那麼多，但是把每一種豆子的名稱、味道記住，倒是沒那麼難。

再來，是看別人怎麼煮咖啡？說難也不難，義式豆用半自動或全自動咖啡機煮，難的是拿鐵的拉花（不拉也行，就打打奶泡）。精品豆就用手沖，學著順時鐘轉啊轉，不求像握壽司那樣要求手感、溫度，比較講究速度，其實也不難。有家知名咖啡廳，與其說他們的服務生手藝好，不如說是服務生帥加上豆子好，帥哥在妳面前握著長嘴壺轉啊轉，轉得心花都開了。

或許是開咖啡廳的門檻不高，除非有特別厲害的烘豆師或吧檯手，只要地點行、裝潢好、氣氛佳，不想上班的人，第一個想到的就是開咖啡店，於是咖啡廳就像雨後蘑菇一樣一朵接一朵地冒了出來。

「準分居」這段時間，C一切如常，既沒有惡言相向，也沒有斷水斷電斷糧，若說他是爲了孩子保持著表面上的和平，感覺也不是。畢竟，愛情的遠離也不是這兩天才發生的事，白天有個人顧著這個家，也是好的，就像是收容還無法獨立的貓狗一般，我對他來說，好像不是一個礙眼的存在。思及此，又不免覺得C是個好人，日子原本可以平淡地過下去的，倘若我不是那麼追求愛情的話。

而我所追求的愛情呢？東窗事發後，L先生嚇死了，在網路上更換暱稱，重新投胎做人。當初我愛得水深火熱，被潑了一桶冷水後，就成了鏡花水月，一拍兩散。

沒有急迫的時間點，我一路慢慢準備，準備了兩三年。等小女兒超過十歲，老大上了國中，兩人可以牽手一起上學。我拿出自己多年的存款，跟爸媽借了五十幾萬，在台大附近的巷弄，頂個一個約二十坪的店面，買了台二手的半自動義式咖啡機、手沖壺，進了幾款啤酒、鹹派和紅茶。找了幾件老桌椅、請人釘了書架，請一兩個工讀生，自己烘一點手工餅乾，晚上偷偷做一點小魚花生或起士盤等下酒菜，以及熟客限定的紅酒和威士忌，很簡約地開了一家咖啡店。

咖啡店一開始因爲網友支持和新鮮感，生意還不錯，接著因爲自己不夠專業，連鎖咖啡廳又多，生意開始下滑，不斷改善調整，靠網路、靠臉書，晚上多一點喝酒的客人，多做一點自家小點，咖啡豆的風味也摸得熟透了，倒也慢慢留住了一些常客。

中年老少女，一切從頭，我的店名取作「純眞咖啡館」。

●

咖啡館一開始也沒做什麼宣傳。多虧了網路時代、臉書時代，開幕時在聊天室和部落格上吆喝幾次，許多網友就前來捧場。給意見的人也不少，有人說那書架空著就找一些文創商品來寄賣啦，牆上空著就不如讓人來布展賣畫，畢竟這一帶文青多，而且確實執行起來也不麻煩，還因此多招攬了一些客人。又比如開什麼粉絲頁邀請大家按讚、打卡，一開始還可以打折或是送盤餅乾，粉絲人數就多了，日後介紹餐點、宣傳活動，寫點開店心情什麼的，都很方便，還可以吸引人氣。這些都不難，一學就會，且一切免費。

這不免讓我想到以前的那些公關和廣告界的朋友們，因應著網路新趨勢，他們要面對的挑戰和轉變也不少吧？

而此刻，我才體會什麼是徐娘半老，風韻什麼的。這一帶教授、文青和學生都多，長居家中的清純主婦氣，讓我的咖啡館生意不至於太冷清。一些中年男客人喜歡找我說話，或許是滿足一下虛無的幻想，順便打發時間。老實說，我忙得七葷八素，哪來的時間？

人際圈子也一點一點打開了。早知道把自己搞得忙成這樣，巴不得多一點自己的時間，也就沒空寂寞，沒空把自己活成包法利夫人。每日見人來人往，除了聽聽故事，倒也八風吹不動了。催生愛情的，其實不是心境，而是環境。人接觸得多，慾望反而淡薄了。有時，你見那臉書上，誰不是情慾流動？但也只是這樣了。此時想談戀愛，不是沒人，而是沒空。

想起沉迷網路的那段時間，恍如隔世了。現在只要有人用莫名其妙的私訊敲我，就一律刪友。

現實裡認識的客人，有一部分面目模糊，但有些只來一次就認得了。

抱著筆電到咖啡店一坐一下午的，通常是寫作者。會約人談話的，是記者；會約人握手的，往往是詩人；獨自一人，看起來陰陰沉沉的，通常寫小說。

憤青和社運分子，一般愛喝酒，動不動就出去抽根菸，說起話來大聲。而領袖型的分兩類，一種格外爽朗健談，一進咖啡館，打招呼和搬椅子過來的人從不間斷；另一型安靜，通常戴著眼鏡，穿深色外衣，微笑含蓄，但眼神銳利。私下話不多，但只要一出現，就會被人拱上台。

音樂人和玩戲劇的多半活潑愛表現，易感且眞性情。

我年輕時商場走了一圈，繭居在家也超過十年了，固然開店做生意，但有錢公子或商人始終不投機；教授和學者固然談吐不俗、知識廣博、值得尊敬，但我始終喜歡率眞又有才華的人。所以每次看到有人不管幾歲了都還是T恤牛仔褲，或是紮個馬尾，笑起來像個孩子的人，我總是忍不住和他們多聊幾句話，而十之八九都是玩藝術的。

開始有些年輕人抱著吉他說要來駐唱，不插電的木吉他，我只要聽過，覺得不難聽，就騰出幾個時間讓他們來唱歌，老實說，還幫我拉住了一些年輕客人。

咖啡館附近，也有家書店，是隔一年搬過來的鄰居。老闆娘不笑的時候有點冷，但是笑起來很甜，看上去也是率眞的人，她多半是下午來喝咖啡或啤酒。她的書店裡時常辦活動，文人作家來來去去。這幾年獨立書店不知爲何紅了起來，她說她也不知道，她活動多半是別人來找，其實是爲了求生存，加上她自己喜歡。我說我懂我懂，就像那些抱著吉他來我店裡唱歌的年輕人一樣，也不是求來的，但是喜歡。

她說她喜歡我的店一部分原因來自我的店名。問我：咖啡館名字的靈感是否來至帕慕克的小說《純眞博物館》？我說我沒讀過，改天找來讀。她告訴我她的書店是取名一間一九二○年代大稻埕的戲院，跟電影、戲劇和音樂都有關聯。這些我也不知道，但是和我的興趣相連。我們笑說，會比鄰而居，可見是緣分。我偶爾有空也會去她書店聽一些講座，特別是小說和新詩，回溫一下自己文藝少女時期的興趣。

妙的是，她也跟我一樣，當家庭主婦多年後才出來開書店。她知道我和先生感情淡薄形同分居之後，倒也安慰我，雖然她和先生兩人都沒外遇、沒分居，但是感情也淡。

「除非愛的密密合合，生死契闊，否則感情豐沛的女子，人到中年，誰不曾對其他人動過心呢？不就是沒空，要不就沒膽。或許是這樣，我才沒踩空了。」

書店老闆娘叫做寶兒，這個年紀了，大家都加個姊字，但我依舊寶兒、寶兒的喊她。她心也善，人也直，像是要安慰我，但也說出自己的心情。「每個人該走的路也許都少不了，不過他不管妳了，妳也自由自在。不是戀人了，但至少是家人，這妳該懂。」

我點點頭，心像是被溫溫的手給熨過，覺得找到聊天的伴了。倘若不是異性戀，我心想有知心的同性朋友，老來的日子也不算寂寞了。

但開店這件事，除了認識新的朋友，倒也成了往事吸塵機。最早是畢業後職場上認識的那些朋友，每個人都想來看看當初這位轉身就走入家庭超過十年的女人，如何東山再起。捧個場、打打氣。

碧就常來喝咖啡看我。她已經是一家大型連鎖速食店的行銷總監，也不嫌我店小，還誇我厲害，自己創業。看我忙不過來時，還會幫我端咖啡給客人。以前在家時，老覺得會被人看不起，現在想想眞是多慮了。我們聊著現在，多多少少想起往事。老朋友之所以好，恐怕就是多了這些往事的厚度。

再來是一些過往的戀人來訪。像是高中時期，感情淡一點的Y和W。有人刻意來訪，有人是不小心路過。初戀的穆和被我傷害的U倒是都不曾再見了。人生是這樣的，感情刻得深的，往往失去了再見的必要和勇氣了。至於F，是眞的消失了吧？

書店的老闆娘笑我：「妳也談過太多戀愛了吧？難怪曾經滄海難爲水。」

然後因爲臉書、因爲LINE，高中、國中、小學的同學紛紛出現了。很多人嚷著要來我的咖啡店聚會。小學同學中，曾經抱著吉他在我家樓下唱歌的陳義隆先來找我。他看上去好爽朗，戴眼鏡，一點都不像過去那個髒兮兮的小流氓了。我說起小時候大家欺負他的事，他抓抓頭，說不記得了。我打趣他小時候暗戀我，他倒是哈哈大笑地承認了。

「不只你，還有阿忠也喜歡我，你們這些莫名其妙的男生，我都記得。」我也笑了。

聽到阿忠的名字時，陳義隆突然收起笑容。「阿忠，他死了，妳知道嗎？」

「嗄？怎麼會?!什麼時候的事？」

「二十四歲那一年。」

陳義隆開始告訴我阿忠賣仿冒包前前後後的一些事。那一天的時間過得非常慢，好像怎麼走也走不完。阿忠小學時就是班上最高的男生，我把他的臉再拉長一點、個子再拉高一點，我猜想那也是他二十四歲時的樣子。而畫面就一直停在那裡了。

再來，是夏天的某一天，那晚金曲獎頒獎。我一邊工作，一邊開著網路，斷斷續續地聽頒獎的獎項，突然間，宣布頒發最佳台語男歌手。老實說，我不太聽台語歌，所以不太留意，螢幕上閃過一排陌生的面孔。我一邊煮著我的咖啡。

接著揭曉名單，我看到一個皮膚黝黑、頭髮花白，看起來有點年紀的歐吉桑，激動地跑上台，稀哩呼嚕地謝天謝地，謝謝他的故鄉和妻子。再想想他的名字，總覺得有點熟悉……天啊，終於想起來了！是我大學學弟吧？如果把頭髮的顏色還原成黑，和那張一直都那麼黑的臉對起來，時間好似倒退了二十幾年，那個有點皮、有點野、又有點才氣的南部學弟。

啊啊啊啊啊，換我開心地在螢幕前叫了起來。把店裡的工讀生都嚇了一跳。

然後，是那年的冬天，十二月了。S走進咖啡館那晚，外面正下著大雨，他裹著一身水氣走進來時，我一眼就認出來了。都已經這麼多年了，很奇怪地，除了長髮變短，人看上去成熟世故一些，S幾乎沒變。他看到我倒是一點都不意外，微笑地走到吧檯前，點了瓶啤酒，便坐了下來。

「從臉書上交集的朋友裡，發現妳開了咖啡館。」他打量了我一會兒：「真奇妙，妳看起來都沒變。」

「哈，你搶走我的開場白了。老天，你這些年都一直在台北嗎？我們大學之後就不曾見過面了，對吧？」

「不對，畢業後，我們在台中一家咖啡館裡見過一面，妳忘了？我倒還記得你公司的那棟建築。」他頓了一下又說：「我工作後就住台北了，但不是『一直』，我住過幾個地方，日本、美國，上海。很長一段時間在中國。前幾年才又回到台灣。」

「你都在做些什麼？」

「做生意啊。」

「半導體？」

「嗯嗯，主要是賣空氣。」

「那是什麼？可以說給我聽嗎？」

十八、One Night In Shanghai　S君

離開上海的前一晚，空氣還算清明，無雨無霧，適合看清眼前一切並追憶當年。從浦東往黃浦江對岸的外灘看去，十里洋場如錦繡綿延，昔日洋人外商的租借地，洋樓主人幾經易手，如今依舊婀娜地矗立在岸邊。郵輪在江裡搖曳著金光，堤防上一片黑壓壓如蟻般的人群緩緩流動。浦東的這一頭，我身邊是一棟棟九〇年後才蓋起的摩天大樓，如七彩水晶杜般穿破天際，輕軌、磁浮與大橋，彷彿銀絲穿梭其中。上海總也不老，始終讓人心醉神迷。

離我第一次踏進浦東，已經超過十年了。世紀初，我也是領著台灣上市公司大中華區高科技事業群業務總監的頭銜到此地開疆闢土。中國大陸電子產業在一九九〇年代雖非處女地，但都是當地小規模且低技術含量的國營企業。真正大型的外資高科技半導體晶圓廠，是從二〇〇〇年開始，由兩個台灣的經營團隊在上海張江高科園區內所設立的中芯和宏力。而我的角色就是和這兩個客戶配套跨海提供半導體製程中需要的電子化學品的供應商。或許你很難想像，你現在手上的手機、電腦、平板，乃至於你頭上的那盞ＬＥＤ燈裡面都是我賣

的東西所生產出來的，有些電子化學品是來自於你看不見的空氣，你感覺不到它的存在，但卻是必需。這麼說，或許讓人感覺神祕與浪漫了。

常見的電子化學材料包括清洗化學品和特殊氣體，像是雙氧水、硫酸、氫氟酸、氨氣、四氟化碳、六氟化硫、八氟環丁烷等，還有其他類材料如矽晶片、研磨漿、金屬靶材及光阻劑等等。它們大多具有危害性如易燃或易爆。如果你還記得高中化學，特殊氣體按照化學性質，還可分爲惰性氣體、反應性氣體、腐蝕性氣體等等。有些電子化學材料還有劇毒，合成純化非常困難，所以其生產技術在國際上大多由少數的跨國公司所掌控。這些神祕的氣體是超大型積體電路、平面顯示器、化合物半導體器件、太陽能電池、光纖等電子工業生產中不可缺少的高純度原材料，它們廣泛應用於薄膜、蝕刻、摻雜、氣相沉積、擴散等製程中。我知道妳聽到這裡八成已經頭暈了。

總之，我們公司就是全球多家生產這些神祕的化學材料公司在大中華區的代理商，透過客戶使用在各種高科技器件的生產線中，然後不知不覺地進入到你的生活了。彼時我的身分是穿梭於台北上海的台商，三十出頭的我，帶著一身的拚勁，踏入了中國的快步崛起。我帶著兩個部屬到中國試水溫，兩年後，公司在中國的規模極速擴增，已經是十多人的團隊了。那兩年，我住在浦西的飯店裡，過江到浦東上班，我在這裡認識了上海的男人與女人，上海的世故與機巧，充分理解男人的軟硬與女人的滑溜。

（我指的軟硬滑溜可是身體上的。）

當時的我婚姻與事業兩頭兼顧，而兒子也順利地在台灣出生，眼看是事事如意了。兒子出生後沒多久，我的事業就有了大變化，也許是新生兒帶來機運吧，我們原來代理的一家美商化學公司眼看我們公司將他們的電子材料產品成功賣入中國市場，業績表現遠遠超過他們的預期，非常看好大陸市場的長期發展前景，就計畫分階段收回代理權，並私下直接和我洽談挖角的條件。除了開出的待遇非常吸引人外，他們也體諒我帶槍投靠對原公司的衝擊，打算一挖角就先將我和全家派駐在美國總公司三年，同時派個老外來和我的老東家交涉，並執行收回代理權的過渡計畫，避免我介入談判中可能發生立場尷尬的情況。我雖然有點意外，但很快就明白了老外做事有更愼密的規畫，除了避免任何可能與我有關的利益衝突，也可以讓我有更完整的外商工作歷練，體會美國總公司的經營風格，讓我眞正成爲他們的「自己人」。於是我們全家就飄洋過海到了美國。

有時我回想這段經歷也會感慨，這大概就是台灣一般代理商的宿命。業績做得不好，原廠不滿意，就有被更換代理商的風險。業績做得太好，原廠就會想收回代理權，自己成立地區分公司自己賺。代理商要做得剛剛好，既不特別突出也不算差，才能長久生存下去。代理商經營也是一門專業的學問。

陳蕊問：美國那幾年生活還愜意嗎？

一半是愜意，一半也有壓力。這一年年底，我又回到念研究所時所熟悉的美國，只不過從溫暖的西岸，來到寒冷的東北麻州。某些時候，我覺得波士頓蠻像上海，老建築與新大樓共存，查爾斯河流貫其中，所不同的是人文的底蘊。波士頓是哈佛、MIT等美國頂尖學府的所在地，菁英聚集，人文薈萃，而上海則是永不衰微的十里洋場，冒險家的樂園。

美國那幾年的生活，每次回憶起來，總覺得溫柔甜蜜：剛出生的兒子、公司提供的高階主管高級大樓房舍、進口房車、有時還有司機接送；那些已然熟悉的美式食物：漢堡、三明治、冰淇淋與甜甜圈。對了，Dunkin Donuts的總部就在麻州，我還記得當時每天下班後，我總會開車去買一盒半價的甜甜圈，老婆坐在我旁邊，兒子就坐在後座的兒童椅上，兩隻小手抓著甜甜圈，一口一口滿足地吃著，圓圓的大眼還有圓鼓鼓的小臉頰。倘若死前要我回憶人生某個幸福到滿出來的瞬間，我想那就是當年兒子日復一日吃著甜甜圈的畫面。

忙碌的白天工作，以及下班後的大聯盟紅襪棒球隊、NBA的波士頓塞爾提克隊，這些都足以填滿單純美好的美式生活。妻子、兒子、車子、高薪、高科技的菁英人生。

可是多年之後，我才知道這只是我自以爲的圓滿人生。回憶當年，我老婆總是充滿哀怨。她說她離開了潮濕的亞熱帶，放棄了原本的工作，白天我出門之後，她必須自己一個人在大雪紛飛中開著車帶著小孩到附近的公園或是幼稚園上學（想想那些抱著小孩雙腳陷在雪地裡的畫面），自己一個人到大老遠的超市買菜（想想以前樓下走幾步路就是攤販會對你熱情招呼的傳統市場），還有困在家裡整天幫兒子餵奶換尿布的瑣碎人生。她總是說那些我看不到的「一個人時間」有如夢魘，特別是這些夢魘發生在天寒地凍的北國。「只有你一個人陶醉在暖氣車上的那些甜甜圈。」

結束了美國生活後，我已經是熟知公司全球策略發展及產品技術且具備多元管理能力的高科技專業經理人了。三年後，一樣是冬天接近年底的時候，公司正式將我派任上海，擔任大中國區的總經理。

陳蕊插著手，微笑地看著我說：看起來是一帆風順啊。

是還不錯。

再次回到黃浦江畔，東方之珠嬌豔如七彩霓虹球，開始向外發射光芒。中國電子產業的市場較過往成熟許多，我的客戶包括台資、美資、韓資、日資以及歐商，加上幾百家大大小小分布在大江南北的大陸本地客戶。中國固然有它粗放與落後之處、城鄉的貧富差距極大，但因爲同文同種，我又帶著外資的背景，過往的十里洋場就在眼前，我終於有一種可以在此當上主人、躍馬中原的想像。

中國的發展是充滿野性與陽剛氣的，我們在技術上領先精進，在生意的交涉上細膩推敲，事成時與客戶喝酒應酬，也算是慶祝一下合作成功。

（在上海跟客户唱歌，那KTV包廂可大了，媽媽桑就帶著一排小姐過來，一如酒家。說起來挑小姐也有人生哲學，就像海邊撿貝殼，你一猶豫，下一輪上來的，可能就沒你喜歡的，而之前看上的小姐就被別間包廂的客人選走了。有時只是唱歌喝酒，有幾次，我們也就真槍實彈、酒池肉林地玩了起來。）

妳知道平時高科技、半導體就是這麼硬碰硬且快步調、高壓力的行業，特別我賣的又是這種日常生活中幾乎接觸不到的電子化學品，總要有一些實體性的活動來調劑，比如陪客戶吃飯、唱歌、泡湯、打打小白球，轉換一下心情。

某種意義上，沒有電子化學品，就沒有現代高科技產業。倘若我告訴妳這些事，妳可能還是對它們沒感覺，畢竟它們不像我手上喝的這瓶啤酒，或是妳睡前讀的那本書，讓妳心跳加快，或是刺激你的感情。不過至少我還是業務出身的總經理，遊走於人際關係的應對進退之間，至於公司裡那些工程師們，生活之單調、純粹，我不知道妳可不可以想像？

「嗯嗯，理工宅嘛。我哥也是。」陳蕊點點頭。「你是不一樣，從大學就不一樣，那時你留長髮，我總覺得你有種搖滾歌手的氣質，陽剛又隨興。現在頭髮剪短了，說話也圓融了一點，是有種被商場磨練磨的世故，但也不算壞事。」

最近幾周，我總來陳蕊這裡坐一下，聊聊天，說點往事。我笑了笑，繼續說下去。

然而人爲的貪婪與崩壞有時卻超出我們的想像。我們以爲高度文明、制度化的美國，要一夕摧毀世界其實非常容易。信用氾濫導致大量的次級房貸，終於壓垮了美國的金融業，信用縮減之後造成消費緊縮，海嘯一波波打來，最後席捲全球，多數行業都受到波及，許多人應聲倒地。

從二〇〇五接手大陸市場之後，我們的電子化學材料業績每年都以倍數翻升，一直到二〇〇八年第四季的金融海嘯發生，和半導體相關的業務受到全球需求下降才急速萎縮。還好上帝關了一道門，卻又打開了另一扇窗。綠能的新產業開始發光。我們開始將業務大量生產和販售給太陽能電池和LED等綠能產業的客戶。我們賣的一些危險、甚至有毒的化學材料，也透過美好的綠色環保趨勢翻身。

而中國和我一樣，都沒有在這波海嘯中滅頂。反而以低廉的價格和日益增進的品質，取代了許多國家的商品。人退我進，而且光是靠龐大內需，眾人合力一推，就把這海嘯的威力給打退了一大半，經濟再度起飛。走在上海街頭，大夥兒抬頭挺胸，都說：現今是中國的盛世了。

中國的內需市場龐大，可偏偏電子化學品行業屬於技術密集型行業，製造技術相當保密，全球市場大部分都是由幾家大型跨國公司所占有，這使得它在中國成爲具有寡占性的產業。這是命也是運，我說中文，又是外資，剛好趨勢的浪頭都往我這邊靠。

（那幾年，我們在大陸設了好幾間工廠。還記得有一年在D城，那招商女官員開會時總是勾著一雙眼睛看我，那時她迷韓劇，老說我長得像《冬季戀歌》裡的裴勇俊。總之生意談著談著就談到床上去了。進進出出之間，她還不忘說：「S總，那明天我們就把合同給簽一簽吧！」或許她認為這也是一種手腕。那一陣子D城的景色確實讓人流連，後來約是簽了，但還是公事公辦，只設公司不設廠。畢竟我們都是商人。）

不過外商公司始終有他們最務實的考量，從二〇〇〇年代理商期間的開創市場，二〇〇五年派任上海開始打下大片江山，五年內我把公司的江山好好穩住了，但作爲一個專業經理人，江山最後還是得拱手讓人。二〇一〇年，我的下屬，一個土生土長的上海人，經由我的推薦，成了我的接班人。不過剛好平常就有聯繫的獵人頭公司在此時通知我，有另一家歐商材料公司準備要在台灣招聘一個綠能事業部總經理，負責亞太區太陽能和LED市場的P&L（Profit & Loss）。我想想時機湊巧，可能眞是一個轉換跑道的新契機，就答應和對方

interview。經過幾輪電話會議、視訊和面談，靠著我在中國綠能市場爲原公司衝出的業績戰功，對方在我正式交接前確認了offer，也算是無縫接軌。就這樣，我和家人便搬回離開八年的故鄉。

陳蕊一直靜靜地聽我說話，偶爾「嗯嗯」，或是搭個「這樣啊」幾句話。她笑起來很甜，跟年輕時一樣。她看起來跟以前也沒變多少，一樣是齊耳短髮，人圓了一圈，但還是挺可愛的。我又點了瓶啤酒。起身上個廁所。回來，繼續把故事說完。

二〇一〇年，我離開上海前的這個冬夜，天氣並不算太冷，雪還未落下。位於浦東張江的這個房子我已經轉手賣出了，這屋子裡的生活痕跡也將被另一個家庭覆蓋。離開上海前，應接不暇的公司內外部的餞別應酬比起搬家更讓我忙得不可開交。

搬回台灣接掌新工作後，我第一年在亞太區的業績就成長了一倍。拜中國太陽能產業持續粗放式遍地開花的擴張，我們亞太區業績內，中國就占七成。但可惜成也太陽能，敗也太陽能。二〇一二年起因大陸和歐美兩地區都發生反傾銷、反補貼的貿易戰爭，我們公司的全球太陽能市場又進入冰河期，歐洲總公司與亞洲的部門人力已經在陸續縮減了。我自己親自參與公司的發展策略，知道組織還會再調整，公司正在重組，我的角色遲早會再變動。與其靜待變局的到來，不如主動出擊找出突破的機會，所以今年我也開始著手籌畫設立自己的公司，並和國內外的合作夥伴洽談可能的合作機會，思考著未來的其他可能。

說完了。我看一下牆上的鐘，大約十點十五，今天晚上陳蕊的店客人不多，她大概也快下班了。

我的公司離陳蕊的店不遠，陳蕊開店的時間和我回台灣的時間也差不多，但很奇怪，我們就是遇不到。要不是因爲從臉書共同朋友裡發現，這才知道原來google地圖一找，五百公尺就可以走到她的咖啡店。

這幾年我最大的變化大概就是念舊。回台灣之後，動不動就是和老同學碰面，或是回家看老爸老媽。那些年在大陸的意氣風發也不是不懷念，紙醉金迷對我也不是不再刺激，但怎麼說呢？好像是眞的想放慢腳步了，融入台北生活的小確幸氛圍中。

最近工作還是忙，可是偶爾下班我會過來陳蕊的店裡喝咖啡，隔周一次吧。陳蕊說她想聽我說些這二十年來的生活，我坐在吧檯，她一邊煮咖啡一邊看著我，我覺得有個女人聽你說故事也不錯，這些我老婆已經聽膩了。這幾年在台灣的工作，聲色場所也去的少了。我跟陳蕊說話，她總是微笑地看著我，彷彿映照當年年輕歲月時的模樣，某種意義上也是回春。

老天，我想到我們除了跳舞，除此之外其實連手都沒有牽過。多純眞！

又接近年底了，我的人生變化往往都在年底發生。今年倒是沒什麼事情發生，除了遇到陳蕊這件小小的意外。當年和妻子的穩定感情之外，陳蕊算是一個並沒有吹起風浪的小小漣漪。就像她此刻站在我前面微笑，也只是激起我一點懷念還有淡淡的甜蜜。工作上的事我也還在思考，並不知道明年會不會有什麼驚天動地的事發生。

十九、好男好女

「酒店要關門了嗎？」

「嗯，快打烊了，」我對S笑了笑。「但你喝多了，我這裡是咖啡館，不是酒店。」

「『酒店關門我就走』，我只是想到一本卜洛克小說的名字。」

「呵，這麼文藝腔。」我幫他倒了杯熱茶。「趁著你有幾分醉意，那我要跟你告白，我當年喜歡你，這件事你知道嗎？」或許是因爲和先生分居了，也或許是因爲過了二十七、八年了，這句話說出口，像冬夜裡吐出的白煙，即使具象，但很輕，絲毫不費力。

「喔？我不知道。」S也笑了笑，假裝不知道。若不是兩鬢多了些白髮，臉皮鬆了一些，S的表情還似當年那個少年。

「那你就快回家吧，我的店十點半就打烊了。」我還是微微感到臉紅了。

「等一下，那妳當年爲何放棄呢？」

「喔，你忘了你宿舍裡住著一個女生嗎？那年我去你的宿舍，她穿著你的襯衫打開門，那一刻，我心都碎了啊。」然而此刻說起心碎的感覺，像是吹破一個泡泡，「啵」一聲，很輕很淡了。「她現在應該是你的老婆了吧？」

「嗯。」S多了中年的世故，似笑非笑地看著我：「這麼容易就放棄了？當年妳好清純，現在還一樣嗎？」

「是啊，哪像你當年有女朋友還常來找我？不過我已經不純情了，曾經滄海。倒是你貫徹始終。」中年的調情舉重若輕，禮尚往來。我指了一下手錶：「你再不回家就太晚了喔。」

或許我所有的告白，不管有意還是無心，終會失敗。過了新年，S突然不再出現。青春的記憶，如泡沫幻影。

書店的老闆娘寶兒還是常來，以前的同事小碧偶爾也來。女人到了一定的年紀，總還是同性朋友來得可靠。

附近大學的一些老師還是定期光顧，不少學生也常來。

因為咖啡店就開在台大附近，校園裡的憤青特別多，這跟我們那個時代倒是一樣的。不同的是我那個時代，學生不太泡咖啡店，現在的學生過得比較舒服，倒是常常抱著筆電，點杯飲料，一坐就是一下午。幾個比較常來的學生也會跟我聊天，我才慢慢知道什麼「大埔事件」，接著什麼「華隆罷工案」、「華光社區迫遷案」。似乎在二〇一〇、二〇一二、二〇一三年這幾年間，這些社會議題的案件連續發生，而所有的事情都有熱情的學生參與其中。

寶兒老闆的書店，倒是舉辦了不少議題活動，我問她：跟那些學運、社運分子熟嗎？她說：「不熟。但是人家看我書店順眼，借場地辦活動，我覺得有意義，就借了。書不好賣，有時也有場租，就當是互相幫忙。」

「這幾年一些NGO，或是民間社團十分活躍，不少團體關注社會議題，比如什麼『哲學星期五』、『台教會』、『守護民主平台』，紛紛找我們借場地辦活動。我一開始也不知道這些政治議題的活動這麼吸引人。比如有一次，『哲學星期五』要討論正熱著的『釣魚台事件』，周六才發消息，周一晚上辦活動，原以為是冷門時段，宣傳又太晚，沒想到當天還是把我們書店擠爆了。一些對政治議題熱中的老師，還有學校的學生領袖，不時出現在我書店舉辦的這些活動場合。我也跟著懵懵懂懂地關心了起來。」

寶兒說開書店賺不了錢，她一開始也不知道，是因為自己愛買書加上不懂做生意，所以傻傻地開了店。

「剛開始賠錢很悶，慢慢地，日子充實了、眼界開闊了，就覺得賺錢也不是那麼重要的事。固然煩心的事很多、勞力活也多，但是對自己能力的自信心回來了。物質略微減少，但精神生活豐沛，想想，我的中年要的也就是這些了。」聽寶兒老闆這樣說，聽得我都羨慕了起來。

我自己要的是什麼呢？我要生活獨立，所以得賺錢，現在房租高，生意不好做，但還好不到半年生意就穩下來了，還小賺了一些。我的店面有個小隔間，晚上我就睡那兒，也省去另外租房子。沒離婚，每周也還回家一兩次，看看女兒。雖然見到她們時總捨不得，但小孩也獨立了，她們只要自己快樂，我也快樂就行，想一想也不壞了，至少多了一些自由。

我還想要什麼？非常糟糕，自從覺得和先生的愛情到了盡頭，只剩親情，也走過那樣的情傷，我還是很想談戀愛。

「老天，妳還眞浪漫，還這麼少女心。」寶兒打趣我。

「除非愛的密密合合，生死契闊，否則感情豐沛的女子，人到中年，誰不曾情慾流動呢？妳上次不是這麼跟我說嗎？會說出這樣的話，妳就沒有心思浮動，喜歡過別人？」

「哈，但我接著說，不是沒空，就是沒膽。我是沒空也沒膽，妳現在應該是沒空吧？」寶兒笑了起來。「還有啊，我眞心說，許多人就算閃過一絲念頭，多半是不敢的。相信我，人到中年，如果各有歸屬，多半只是好感，或是搞搞曖昧。偷吃也是有的，但是妳說談戀愛，一半的人連夜逃走，剩下的一半都只是玩玩，特別是那些未婚的男人。人妻多半是規矩人，只是生活單調重複，滿足她們後，還可以物歸原主，反正沒有天長地久。不是每個人都會遇到《麥迪遜之橋》的男主角，這故事之所以美，還不是美在匆匆過客？馬奎斯的《愛在瘟疫蔓延時》寫七、八十歲的黃昏之戀也罕見，就像他們的兒女說的：『我們這個年紀談愛情已屬可笑，他們那個年紀談愛情實屬可恥。』」

「還有張惠菁說：『愛情中最爲精采的，乃是迷戀乍現的時刻。存在的各種關係，有的妳只能靜靜地坐在他身旁看一場電影。有的只宜在夜間的酒館相遇。有的必須長距離，久久收到一封簡訊。有的理解但不靠近，有的靠近，但別想理解。』愛情不就這幾種關係？迷戀最美，那就堂皇迷戀吧。喜歡誰，就當個迷姊，時間可長可短，又沒有牽掛，也不會心碎，不是挺好的？」寶兒一口氣連續說了下來。

「唉，妳多少說到我的痛處了。這麼說吧，有些人不懂，特別是男人不懂，女人談戀愛，也沒說要天長地久，或許只要曾經擁有。《麥迪遜之橋》的女主角，說不定知道跟去了也不一定好，又放不下家人，還不如長相思就好。戀愛這件事，總會喚醒逝去的青春與羞怯。愛讓人雀躍，愛讓人不老。妳要說我少女心也好，但要是不再戀愛了，活著又有什麼意思？暗戀固然安全可靠，但總是聞不到、摸不到。我不知道爲什麼有些人一聽到我愛你拔腿就跑？其實沒那麼嚴重啊。」

「因爲男人的愛來得慢，因爲他們的愛太少，怕遇到妳的愛像山洪暴發，到時跑都跑不掉。也因爲他們沒有妳勇敢。不過光憑妳這番話，我祝妳戀愛幸福。」

二〇一四這一年到來，沒有比前一年好，也沒有比前一年壞。寶兒還是煩惱著書店生意，但活動也持續不斷地辦下去。至於我的咖啡店，白天來喝咖啡的學生和晚上來喝啤酒的大人很平均，生意比較穩定，倒是聞到了一點春天的氣息。

不過這個社會上動盪不安的氣息倒是濃了起來，農曆年前幾天，先有砂石車在凌晨時撞進總統府，雖是個人感情婚姻問題，抗議司法不公，不過史上第一次有人開車撞總統府，民眾挑戰政府的層級，直接衝到最高點。特別是都快過年了，火藥味也太濃了。

但這一年的故事，要從三月開始說了，而且從三十秒開始說起。或者，該從我的同事威廉說起。

318之前，我對《海峽兩岸服貿協定》所知甚少，或者該說漠不關心。然而那天晚上，我先在臉書上看到有一群學生因不滿「服貿」前一天立法院裡被國民黨團以三十秒的速度宣布審查通過，因此衝進立法院佔領議會。史無前例的動作石破天驚，我大吃一驚之後，接著打開電視。怎知這麼巧，在TVBS新聞台鏡頭前，我看到我店裡白班的威廉，憨憨的一張臉，跟著一群人，口中念念有詞，就這樣轟的一聲，往立法院議場的某道門裡衝進去。

我的嘴巴和眼睛張得好大，幾乎不敢相信，我還來不及弄清楚是怎麼回事，便看到臉書上許多人開始說：「大家快點來支援，預估晚一點警察就要攻進立法院，這些學生危險，快！」

接著我披上外套，在臉書上留下動態：「我也要出發了！」便開車來到青島東路。

抵達立法院側門的時候，已經過了午夜十二點了，我的前面早已站滿了人……

那是非常難忘的一晚，在議場門外，人越來越多，我看到好多熟面孔，寶兒也來了，她說她認識的朋友還有店裡的某個工讀生，聽說也衝進議場了，她也是在臉書上留話說：「我出門了！」人就來了。可能是同溫層效應，一個個朋友看著臉書，都忍不住趕到了現場。放眼望去，咖啡店的客人、書店的客人都來了好幾個。不久之後，前面開始有人講話，要群眾們一個個就地坐下來。寶兒拉著我就坐在她旁邊。台上有個女性學生領袖還開個玩笑說：「等會兒再交換電話，現在先不要。」這場面不知爲何從一開始的緊張變得溫馨幽默了起來。不一會兒，每有知名的教授、公共知識分子到場，就會被拱上台講幾句話，爲大家加油打氣，順便批評一下政府和服貿。

不知多久，聽到拿著麥克風的講者說：「黃老師來了，朝青島東這頭來了。」

我當時還不太知道黃老師是誰，但他一來，現場熱烈的氣氛到達最高點，雖然沒有鎂光燈，你還是可以感覺到氣氛不同了，有些人開始歡呼，有人想靠近跟他說話，你大概知道這個人是這次活動的英雄之一。

黃老師當時講些什麼，老實說我記不得了，但巧合的是正當他說到一半時，大約是凌晨三點半時，有人開始大喊：「警察攻堅了！警察攻堅了！」

眼看底下黑壓壓一片人，黃老師要求大家先冷靜，但是有人已經等不及，靠牆的一些人開始往裡跳。接著越來越多的人紛紛跳進牆裡。

黃老師就站在那裡，一開始沒有鼓勵，還叫大家冷靜，但後來好像也沒用了，大家一直往牆裡跳。他就只能站在那裡，看著大家像一片翻騰的潮水，一個接著一個跳了進去……

寶兒和我也來到牆邊，看大家疊羅漢地跳進不高的外牆。後面往前的人越來越多。我問寶兒：「跳嗎？」她說：「我想一想。」過一會兒我又問她：「決定好了嗎？」她說：「出門的時候家人睡了，不知道我來這裡。」

我拍拍她的肩：「那我們回去吧。天亮的時候會有更多人來的。」此刻，我們看到有人就站在突出的走廊屋頂上，電視台的SNG車也停在路邊，一旁人家的燈火暗著，這世界又安靜又喧嘩。接著，我們靜默地往人群的反方向走去。

也許是因爲當晚沒有跟著大家往牆裡跳，所以接下來的日子，晚上打了烊前，我總會過來這裡走一下。心理上有一種我和這些運動分子在一起的感覺，可是從頭到尾又像是一個旁觀者。

威廉隔一天午後就來上班了。他說可以出來的，但只能出，不能進。早晨之後，有一部分人出來了。他想到他要上班就出來了。

我問他，當時怎麼會衝進去的？他說三月十七日下午法案快速通過，五十幾個NGO團體當晚召開記者會，痛陳服貿對台灣的危害之後，他就緊盯著後續消息。聽說幾位主事者當天遇到了學生領袖林某，就約好隔一天找些熟識的朋友開會，準備隔天晚上來場不一樣的集體行動。

318那天，上午聚集立法院抗議的民眾並不多。但是到了下午，不少學生還是依約到台大社科院和主要領導者黃老師見面。確定目標立法院議場並評估進擊的路線。

而那天他其實是看朋友臉書，才知道當天晚上六點在濟南路群賢樓會有「守護民主之夜」的晚會。他下了班，吃過晚餐，就搭捷運晃過去了。到達群賢樓大約八點多了，有人可能以爲他是要上台講話的人，後來知道不是，就跟他說：「等會兒如果要往裡衝，跟著陳某走。」所以他才會跟進到那麼前面。

「當時立法院餐廳旁邊的門好像被衝開了，我就跟著往裡面走。進到立法院，議場的門好像有人已經先破壞落地窗衝進去打開了，所以我們就像潮水一樣跟著湧入議場。」威廉繼續說：「至於會被電視記者拍到，然後被妳看到，我也不知道，我倒是希望我媽別看到就好。」說完，他憨憨地抓了抓頭髮。

因爲要上班，所以隔天威廉就出來了。只是出來之後，就回不去議場了。於是威廉在那段時間，跟我一樣，總是過了十點後又回到立法院前，彷彿儀式，又像是去散心。有時我會開車載著他一起過去，這時在中山南路、青島東以及濟南路的人每天都川流不息。

在這裡非常容易遇到朋友，見面時總是開心地打打招呼，賣香腸的以及附近的便利商店生意興隆，總有一種民主嘉年華的氣氛。

318一佔震驚全台，接下來的日子，「街頭的民主教室」開始展開。昔日野百合學運的總指揮范教授則負責排課，許多老師、學者也紛紛響應。青島東、濟南路上搭起舞台，不時有短講；監察院前的小廣場也有長期在此駐守的「公投盟」傳達台獨理念。到處充滿著熱情或激昂的聲音。

各地的學生開始湧上街頭上靜坐、過夜。飲料、水、包子、泡麵、帳篷等物資也源源不絕從各地送來。

我記得二十號那天，一個頗常來的劇場圈年輕女生小玉帶一個中年男子來到我店裡，他們坐在吧檯聊天時險些吵了起來。中年男子問她：「這些年輕人衝立法院幹嘛？國家機關、政府的公權力不是可以這樣破壞的啊！」他非常不以爲然搖頭：「而且服貿爲什麼要擋？衝進去的那些學生到底有多少人懂服貿啊？台灣現在經濟這麼糟，妳看看韓國領先我們多少？我們還在這裡東擋西擋，擋得住嗎？爲何不好好跟大陸談貿易合作呢？」

小玉說：「問題是，三十秒闖關的立法程序太扯了啊！好好跟中國談？可是大家怕啊，怕什麼都弄不清楚，就被執政黨給賣了啊！對，我們知道現在經濟不好，年輕人薪水只有22K，物價這麼高，房價這麼高，這不就是政府無能？我們怎麼可能還願意相信政府呢？怎麼會不怕萬一向中國讓步，我們會過得更糟？我們就是要對法案有更多了解、更充分討論，才能定案啊！」

我聽著他們吵了一會兒，阿玉的口才似乎是佔了點上風。中年男子叫做安哥，之前聽小玉提起，曾經在菲律賓經商，金融海嘯之後回到台灣，外省二代，也讀戲劇，人挺好的，因爲女兒眼睛生病，看到一些病童和家人的辛酸，便組了一個劇團，業餘時間都到醫院、育幼院、安養院表演，把多餘的精力和賺來的錢都花在這上面了。阿玉正在幫他寫一個大型劇本。

安哥還是繼續說了一些話：「我們以前每個人只是努力地拚經濟，動不動就加班，不像現在年輕人，時間都花在爭取權利，工作也不努力、擺爛的一堆……」我一邊聽著，也頗有感觸，我也走過那樣的時代，現在有些年輕人確實工作很混，這些話就像是小碧或其他一兩個我還有聯絡的過往職場朋友常說的話。

「你們以前如何如何，但那都過去了啊，回不去了。你們現在還能享受著當年打拚下來的成果。可是我們有些人工作也很認眞，但做了一整年，薪水還是22K，我們看不到前途在哪裡，只聽到上一輩說我們不努力，只會抗爭上街頭。這些學生現在就是在爲他們未來的前途努力啊。」

安哥似乎是被說動了，靜默了一會兒，嘆一口氣，接著告訴小玉：「好吧，那我就捐出一點我以前賺來的成果，我捐兩萬，妳幫我買一點包子或礦泉水，帶給現場靜坐的那些學生，但我就不跟妳去現場了。」

至於現場，除了靜坐的學生、上課及短講的老師、民主香腸之外，因爲佔領立法院消息傳開後，就有花店老闆送來一千向日葵，此後，媒體就以「太陽花學運」爲這場活動命名。現場也出現各種有創意的海報、標語、塗鴉……

另一個意外發生在323這天晚上。這幾天大家都緊盯著臉書，我記得那天黃昏時，有幾個平時較活躍的社運分子的臉書上，一些零星訊息看起來有點詭異，似乎是有什麼祕密行動。過不久，到晚上七點半之後，聽說又有學生衝進行政院了！

這時，消息也傳到青島東這邊的場子，主持人拿起麥克風告訴大家：「又有一批公民衝進行政院了，願意行動的朋友請過去支援，而願意留下來的朋友就持續我們的活動。」

黃昏時在臉書上看到幾則隱晦不明的訊息，證明了我的擔心。過不久，寶兒老闆就跑到我的咖啡店，很緊張地告訴我：「我們書店晚班的女孩跟著她的男朋友衝到行政院，剛剛傳訊息給我。她之前並不是積極參加學運的分子，好像是她的男朋友得知行動的訊息，她就跟著一起去了。她告訴我，警察已經來了，有些警察開始準備動手了，她要我把消息傳出去。」

我看了一下時鐘，告訴她：「妳等我收拾一下，我跟妳一起過去行政院。」開車經過市民大道時，我看到空地停了不少大型的警方車輛（水車？），心想這陣仗也太大了。

到了現場，寶兒收到同事傳來「警察動手打人」的簡訊，要她幫忙傳上臉書。寶兒將消息傳了出去，但是她很保守，因爲我們在行政院外圍的馬路上，畢竟看不到任何警察打人的現況，於是她加註：「我在忠孝東，並沒有實際看到打人，但是聽裡面的同事這樣告訴我。」她覺得這樣傳比較放心，至少她希望不要有這樣的事情發生。

我們繞到天津街這頭，氣氛非常緊張，附近有穿著夾腳拖、看起來不像學生的男人斜著眼恨恨地對著我們這些外圍的人說：「警察打人了，還不趕快衝進去救人?!」但此刻敵我不分，怕是滋事分子，於是有人喊著冷靜冷靜，這些人包括我在內。

我和寶兒就這樣來回穿梭在忠孝東和天津街之間，一直沒有離開，但警察打人的消息也不斷傳來。場外一直有人喊著要衝進去行政院。

大約四點多時，水車開始向政院廣場的民眾、學生噴水。我和寶兒都慌了起來，不知道該怎麼辦，只能在喜來登飯店旁的鎮江街這一帶等待黎明。

天亮之後，寶兒書店裡的女工讀生和她的男友終於濕著頭髮走出來了，眼裡泛著淚光。我們問她是否受傷被打？她們搖頭，但被噴水的經驗顯然還是受了點驚嚇：「有人看到其他人被拖到暗處，聽說被打了。但我們還好沒受傷。」說完話，她的淚水就滾了下來，但我和寶兒都鬆了一口氣。寶兒摸摸她的頭，像是卸下了千斤重，接著轉身跟我說：「謝謝妳陪我，我們也回去吧。」

事後，我們知道有學生扛起現場指揮的責任，但卻非主謀者，頗讓人感佩。然而後來網路上、新聞上傳出的照片，更是很難讓人鬆一口氣。那照片讓人憤怒，因爲有人被打了，還聽說有人被打到抽搐，即使，不在我們眼前發生。

之後，台北的街頭每天都出現越來越多的人。學生組成的媒體，不斷傳遞報導，不同創作領域的人開始創作音樂、詩歌；許多人紛紛在網路上、臉書上寫文章、還有一些文創商品也紛紛出籠了。街頭彷彿市集、嘉年華的批評也開始出現，但年輕人的驚人創造力和行動力此時此刻確實遍地開花。寶兒說她有一晚聽公投盟講台獨，突然有感而發寫了一首戲謔的詩〈中國，麻煩你獨立一點好嗎？〉，把兩岸關係比喻男女關係，反要中國獨立一點，不要老是糾纏和打壓，也意外紅了。

而我幾乎每晚都到這裡走走，當成散步，或許和先生分居之後，此刻的街頭反而慢慢像是一種歸屬。我時常一個人慢慢走，看到認識的人打打招呼，只是，我真的屬於這裡嗎？看著那些比我年輕許多的臉龐，我多少有點茫然。

接下來的事，你們也都知道了。330那天，據說，五十萬人走上街。那天，我一樣自己一個人出發。但是中午一踏出捷運，滿滿的人，陌生的臉孔如此親近，我從來沒有這麼興奮。每個人的臉上幾乎都帶著笑。

隨著人群，我慢慢地往凱道前進，終於擠到了邊上，看著不同的人站到台上說話：導演、歌手、學者……。然後，這次的學生領袖之一陳某上台了。我認真地看著這個孩子的臉，以前在寶兒書店裡見過他呢，他的笑容還像個孩子，可是短短十三天，當他站在台上，一講起來話來，那股氣勢已然像是超級搖滾巨星了。

等等，那是我學弟小黑嗎？他也站上舞台上接力唱歌嗎？

遠遠地，我想跟他揮手，但又不確定。不過不管是不是，我想著過後，我一定要找他來我的咖啡店演唱。就這麼試試看吧！

耳邊傳來震耳的聲音，許多人在我面前忽大忽小、忽遠忽近。我第一次感覺到台北原來有這麼多的人。過去我不曾經歷過的野百合、曾匆匆經過的六四聲援，如今回憶是如此模糊，而此刻，人到中年，我才如此切實地感覺到眾人聚集廣場的魔力。站在看不到盡頭人群之中，陽光一點點灑在臉上，四周非常溫暖，感覺自己好小也好大。

學生領袖要求大家找六個身邊的人，每人排一天回到議會場外，這一片太陽花還將繼續盛開。

接著「賤民解放區」、「太陽花論壇」，在這場運動的末期，開始用一種宣洩的方式準備謝幕了……

但街頭結束之後仍有些東西不斷發酵。寶兒說他們出版界和書店界打算以游擊的方式持續監督政府。第一階段就是五一勞動節跟著勞團一起上街頭，持續「反服貿」的主張和政策監督。

我說這樣很好。

至於我呢？我沒有要繼續監督什麼，也不像有些年輕人那樣像是經歷了一場轉大人的洗禮。於我，像是陪伴。陪威廉走過。陪寶兒走過。陪我自己慢慢在街頭遊蕩，回憶起過往，回憶起台灣的變化，回憶起這一路的成長。

●

四月的某一天，S君又踏進我的咖啡廳。他穿了條牛仔褲，看上去又年輕了兩三歲，彷彿不滿四十。

「怎麼這麼久沒來？」

「年初我選擇了優退，離開我的公司了。最近剛剛創業，所以忙了一點。」

「原來是這樣。前陣子我也忙，你沒來也好。」

「忙什麼？」

「太陽花學運啊！」

他皺了一下眉頭，一臉不解。「妳跟人抗爭什麼？」

「我被捲進去了啊。」

「閃開不就好了？」

「我跟你情況不同，我沒辦法。而且我想走進去看一下，難得重出社會，就遇到這麼件大事。」

「唉，我在中國大陸工作這麼多年，大陸沒有你們想像的可怕，而且中國越來越強，磁吸作用這麼大，太難抵抗了，你要跟他們硬碰硬是沒辦法的。」

「可是你不討厭他們的不民主，還有對待我們的蠻橫嗎？台灣跟中國現在各有主權，國民黨政府似乎讓中國予取予求，什麼都退讓。我們總要硬一點，讓中國知道，對我們壞、威脅我們是沒用的。放掉對台灣的威嚇，對我們好一點，說不定民心更往中國靠，交流更順暢。統一不見得比聯盟好，不是嗎？而且你不怕他們只想掏空我們，好的人、好的一切都被他們吸走了，只把壞的留給我們嗎？」

「所以，這一切要靠好的談判。但是目前這種對立態度，是沒辦法談的，不是嗎？有些人對中國大陸的態度是『不接觸、不談判、不妥協』，我則主張要未來應改成『要多接觸、多溝通、要雙贏』。相處久了，自然有了解、有感情。我是生意人，這是deal-making的藝術。台灣現在很缺少談判的人才。」

「可惜這節骨眼上，彼此很難有信任兩字了。」

「可以慢慢來，還有，『多接觸、多溝通、要雙贏』不只適用於兩岸的關係，其實也適用於我們的關係，我們還可以更進一步，不是嗎？」

「等一下，」我呆住了，「那你太太呢？」

「如果我們沒有結婚的打算，有關係嗎？我知道妳跟先生分居了，而我和我太太其實聚少離多。如果妳們維持兩條平行線，不是不可能。而妳說妳以前喜歡我，這不是在暗示我嗎？」

我有點恍惚了。眼前的S俊美如故，特別是今天。是啊，我以前曾經喜歡他，而且我確實很想戀愛，可是當他說出這番話，像個老練的商人什麼都想得一清二楚時，怎麼感覺都不對了？

因爲這不是愛情吧。這感覺倒是很像我對中國的情感記憶，我曾經迷戀過他的，可現在，他都算得一清二楚來跟我談感情？

「就因爲這樣？」

S安靜了一下，直直看著我的眼睛，說：「當年我知道妳喜歡我，我對妳也不是沒感覺，可是我有女朋友了，兩人之中，老實說我只能選一個，所以我才一直跟妳保持朋友的關係。那天妳跟我告白，說妳以前喜歡我，我突然爲當年錯過妳而感到可惜。也許是因爲我已經中年，貪心又念舊，而我和妻子的感情雖穩定，她也是個好太太，但這幾年我們沒有激情了。自從重逢以來，妳時常喚起我那些青春的記憶，彷彿回到年輕時的感覺，很愉快。我想，或許我也可以讓妳過得快樂一些。還有，倘若妳要我說，做一個男人，妳還是讓我有反應。我說得這麼清楚、理性，是因爲我個性如此，還有，我也想讓妳知道，我沒有欺騙妳的意思。」

我的眼淚突然漫起，慢慢模糊了視線。前次的滄桑，不正是因爲自己頭腦不清？男人這麼誠實，反倒有點動人。到這個年紀，還指望能談一個純情專一的戀愛嗎？不求什麼的祕密戀情，是否更接近愛情的本質？

「唉，你讓我想一想。」

「好。」

「還有，我希望你能對我好一點，盡量不要傷害我。好嗎？」

「本來我就一直把妳當朋友，更何況當年也有點喜歡妳。如果妳相信我們都是成熟的人，都會替對方著想，就不會有什麼傷害。而我們的關係就順其自然一直走到走不下去爲止。」

「但我必須要重新愛上你才行。你不害怕我愛你吧？」

「我和老婆的關係必須維持，她是個好女人，只怕妳覺得委屈而已。其他的，我不在意。」

我望著窗外，天色暗了下來，點點街燈亮起，我的臉和他的背影就印在玻璃窗上。

跋

因為有你們，行走的路上，便有了光

先是記憶與衝擊，才有想像，小說的架構開始浮現。而故事起了頭，過往友人紛紛出現。有些是刻意安排，比如同學會；有些則是偶然與巧合，彷彿受召喚。是以，寫小說的這段時間，本身就是一連串的奇遇，讓我得以重新看見過去。

往事重現，才知道枝節叢生，早已蔓延出新的花園；而來時路，亦非全然如我所憶，我不知錯過多少風景。米蘭．昆德拉說：「發現那些唯有小說才能發現的事，是小說唯一的存在理由。認識，是小說唯一的道德。」這句話總是在我寫作的過程中不斷印證，並且提醒。

起源於記憶，難免涉及自己及別人。我一路虛虛實實地寫，有時極眞、有時全面虛構，多數時間模糊了界線。

以情感生活爲小說血肉，拉一條時間軸，以現實事件爲骨，主要是爲了記錄時代。我讓人物一路走去，交錯於時代，卻不一定有所指涉。編織故事，將場景攤開，無須太多解釋，我相信這是小說唯一該做的事。固然我最初的寫作目的是爲了幫助我自己重新爬梳過往，思考未來。然而除了科幻小說，未來終究不是我想觸及的，任何想像與答案都該留給讀者。至於過去，也只是浮光掠影。

爲了擦亮過往年代，我走訪了一些朋友，採集一些時光的碎片，他們雖不足以代表我走過的整個時代，但卻補足了許多我所遺漏的事。有些故事留了下來、有些捨棄，有些則經由我編造想像。書之完成，我必須先謝謝這些人。

日前讀傅月庵先生爲李長聲《我的日本作家們》所寫的書序〈作家之顏，閒閒之筆〉中，提到小說家中上健次談寫作：「我沒覺得自己幹著什麼了不起的事，但可以坦然說，雖然有敗筆，但每篇都不曾偷工減料，……未必有灼見，但是在眞知上盡了力。冷冷地看、閒閒地說，也請你輕輕鬆鬆地讀。」

寫小說確實不是什麼了不起的事，而且我也可以坦然說，難免有敗筆。雖然不是偷工減料，但因爲時間的縱深長達三、四十年，只能擷取片段，有時眞是恍惚一現，像火車窗外的風景，一路呼嘯而去。因爲我怕自己只寫這麼一本，非要把人生所經過的重要時光全都塞進去。但我希望這是一本好看的小說，或許只有這樣，我才有繼續寫下去的可能與力氣。之後，也許我還能繼續說故事，讓時間停留在某個點上久一點，並且更深入他人或事物的核心。

我的寫作起步甚晚，直到中年才認眞嘗試。

小時候我喜歡星星，彼時最著迷的事，便是斜躺在公寓屋頂的樓梯間上方看星星，想像星星上也有生物正張眼看我，一心幻想成爲天文學家。國中時期強說愁，因爲在作文本上寫小說，老師不但不指責，反而大加讚賞，預言我長大可以成爲作家。作家或科學家？That is a question. 然而隨著年紀成長，我跟隨多數人的腳步：求學、戀愛、失戀、工作……。或因爲天空太遙遠，或因爲怠惰缺恆心，這兩個志向，終究顯得不切實際而日漸淡忘了。

起初寫作，全因育兒生活單調苦悶，以書寫爲情緒的出口，創造生活中的起伏跌宕。然而寫著寫著，又覺得自己生活匱乏，養分貧瘠，似乎沒有非寫不可的理由。於是一個偶然的機會，轉念開起了書店。幾年下來，意外見證了社會的風起雲湧，書店帶來生活的劇變，又讓我重新燃起寫作的慾望。起心動念的源頭雖是太陽花學運以及晚近的生活，但下筆的重心卻依舊是過去，特別是我念念不忘的八〇、九〇年代。這才知道過往走過的路並不貧瘠，只是少了點火的火種。

寫作者挖之不盡的寶藏往往是自己最熟悉的時代和土地，而我們這個時代還有太多的故事沒有被寫出來。寫作也帶領我去發現那些我未曾留意而錯過的事。雖然不是做了一件了不起的事，卻是充滿挑戰與收穫的一件事。

爲了拋開忙碌的書店生活，讓自己重新回到寫作的路上，我刻意跑到花蓮讀書，和年輕我許多的同學一起上課，甚至在四十幾歲時才學會了腳踏車。每當晴朗的夜晚，一邊走路或是騎車，我總會抬頭仰望星空，便想起小時候喜歡的事、曾經做過的夢，其實沒有眞的離去。而每一個帶給我啓發或是力量的人，就好像天上那一顆顆的星星，雖然有距離，卻恆常照耀。至於此刻拿著這本書的讀者，你們也是。我想像你們在自己的星球上張眼看我。謝謝你們接收了我傳達的訊號。

因爲有你們，行走的路上，便有了光。

我一直認爲爲自己的小說寫前言，有時太搶戲，於是寫跋。或許跋也是多餘，只爲道出這一路的心情與感謝。

大事年表

一九七四年　八月	抗日陣亡將領張自忠傳記電影《英烈千秋》首輪下檔，中影創紀錄淨賺一千一百萬。
一九七五年　四月	五日蔣中正總統去世。
一九七八年十二月	卡特宣布中美斷交。侯德健寫下〈龍的傳人〉。
一九七九年十二月	高雄美麗島事件。 SONY 發表 Walkman 隨身聽。
一九八二年　十月	十六日中共飛行員吳榮根駕米格19戰機飛抵漢城，三十一日自韓抵台。掀起一波「反共義士」熱潮。次年（一九八三）接續有卓長仁等劫機，孫天勤、王學成駕機投誠。
一九八三年　一月	金石堂文化廣場開幕。
一九八五年　三月	表演工作坊推出《那一夜，我們說相聲》。
一九八七年　七月	十五日總統蔣經國宣布解嚴。 開放赴大陸探親。
一九八八年　一月	一日開放報禁。 十三日蔣經國去世。
五月	二十日農民運動。

一九八九年	三月	二十五日《布拉格的春天》在台上映，電影是根據米蘭．昆德拉的小說《生命中不能承受之輕》改編而成。
	六月	四日六四天安門事件。
	十一月	十九日台股首次衝破萬點大關。
		滾石發行陳淑樺專輯《跟你說，聽你說》，專輯中〈夢醒時分〉創下百萬銷售量；黑名單工作室發行《抓狂歌》。
一九九〇年	一月	鴻源機構爆發經濟危機。
	三月	十六日～二十二日野百合學運。學生提出四大要求：解散國民大會、廢除臨時條款、召開國是會議，提出民主改革時間表。
		十七日「職棒元年」，中華職棒聯盟正式開打，首戰統一獅勝兄弟象。
	八月	伊拉克進軍科威特。波斯灣戰爭開打。
	十月	一九九〇年六月東德政府正式決定拆除柏林圍牆。十月三日兩德統一。
一九九一年	五月	九日調查局宣布偵破「獨立台灣會」，逮捕陳正然、廖偉程、王秀惠、林銀福四人。
		十五日千餘名大專院校學生葉素台北車站，要求廢除刑法第100條「懲治叛亂條例」。
		十七日立法院通過廢除懲治叛亂條例。
一九九二年	十月	二十日台北市政府正式拆除中華商場。
一九九三年	三月	寶麗金唱片發行張學友《吻別》，在台銷售突破百萬。港星開始大量且成功進軍台灣流行音樂市場唱片。
	四月	二十七日至二十九日，中華民國的「海基會」董事長辜振甫，與中華人民共和國的「海協會」）會長汪道涵在「第三地」新加坡會面，打破兩岸從一九四九年以來的國共僵局，創造「第三次談判」的局面，並達成四項事務性協議。

	七月	Guns N’ Roses十七日在阿根廷的首都布宜諾斯艾利斯結束爲期二十八個月的巡迴演唱會。共表演一百九十四場，打破搖滾史上紀錄。
	十二月	屏東縣長國民黨籍參選人伍澤元以黑函等負面文宣攻擊，加之動用鄭太吉等黑道勢力，鄭並掌握地方有線電視，攻擊當時縣長蘇貞昌，尋求連任的蘇貞昌，最終以一萬兩千票的差距落選。
一九九四年	七月	李安執導的《飲食男女》在台上映；八月在美上映。
	十二月	三日首次省市長民選，宋楚瑜當選台灣省長，陳水扁當選台北市長。 十三日，鄭太吉因角頭地盤劃分跟開設特種行業，而跟鍾源峰有金錢上的糾葛，於當日與縣議員黃慶平等眾，前往鍾宅，數人當著鍾母面以槍決方式殺死鍾源峰。
一九九五年	七月	下旬中共在彭佳嶼海面附近試射飛彈。
	八月	美國微軟公司推出的電腦作業系統，開發代號爲Chicago。二十四日正式發行。
一九九六年	三月	八日中共試射飛彈。 二十三日中華民國舉行首次總統民選，國民黨籍候選人李登輝以過半票數連任。
	八月	三日兄弟象隊四連勝首役輸球後，球員陳義信、洪一中、李文傳、陳逸松、吳復連五人在下榻飯店遭黑道人士挾持。
	十二月	豐華唱片發行張惠妹首張專輯《姊妹》。（全台銷售量達一百二十一萬張。）
一九九七年	七月	中華人民共和國政府於七月一日對香港恢復行使主權，當日，香港特別行政區成立，結束一百五十六年的英治時期。
	八月	三日三商虎球員林仲秋、陳該發、克龍、周德賢、大衛、高登、利多在下榻的高雄星辰飯店遭到黑道威脅。

一九九九年　九月	二十一日上午一時四十七分，約於南投縣集集鎮境內，發生芮氏規模七．三的大地震。稱爲921大地震。正式名稱爲集集大地震。
二〇〇〇年　三月	十八日民進黨候選人陳水扁當選總統。第一次政黨輪替。
二〇〇三年　三月至六月	SARS台灣疫情爆發。首例出現於三月八日，四月二十一日深夜爆發和平醫院院內感染事件，疫情告急。四月二十四日和平醫院封閉。六月十七日台灣從SARS旅遊警示區除名。（SARS首例於二〇〇二年十二月發生在中國廣東。）
二〇〇五年　三月	二十六日台灣數十萬人民聚集在台北市，舉行三二六護台灣大遊行，以抗議中華人民共和國通過《反分裂國家法》。
二〇〇八年　八月 十一月	全球金融海嘯。 野草莓學運。中國海協會會長陳雲林訪台，於台北圓山飯店舉行第二次江陳會談。數百名大學生質疑陳雲林來台期間警方維安過當，要求馬英九總統道歉，並要求修正《集會遊行法》。
二〇一一年　三月	十一日日本東北發生規模九．〇的大地震。還導致福島第一核電站事故的發生，成爲日本歷史上最大、傷亡最慘重、經濟損失最嚴重的地震。
二〇一四年　三月	太陽花運動。又稱318學運、佔領國會事件等，是指三月十八日至四月十日間，台灣的大學生與公民團體共同發起佔領立法院的社會運動事件。

善女良男 Nice People；石芳瑜著. -- 初版. -- 台北市：時報文化, 2017. 11；面；公分. -- （新人間叢書；266）
ISBN 978-957-13-7162-7（平裝）
小說

857.7 106017085

ISBN 978-957-13-7162-7（平裝）
Printed in Taiwan.

新人間叢書 266

善女良男

Nice People

作者　石芳瑜｜**主編**　陳盈華｜**編輯**　黃嬿羽｜**美術設計**　劉克韋 大梨設計事務所｜**手寫書信**　李國祥｜**執行企劃**　黃筱涵、石瑷寧｜**董事長・總經理**　趙政岷｜**總編輯**　余宜芳｜**出版者**　時報文化出版企業股份有限公司　10803 台北市和平西路三段 240 號 4 樓　**發行專線**—(02)2306-6842　**讀者服務專線**—0800-231-705・(02)2304-7103　**讀者服務傳真**—(02)2304-6858　**郵撥**—19344724 時報文化出版公司　**信箱**—台北郵政 79-99 信箱　**時報悅讀網**—http://www.readingtimes.com.tw｜**法律顧問**　理律法律事務所　陳長文律師、李念祖律師｜**印刷**　盈昌印刷有限公司｜**初版一刷**　2017 年 11月 3 日｜**定價**　新台幣 320 元｜行政院新聞局局版北市業字第80號｜時報文化出版公司成立於1975年，並於1999年股票上櫃公開發行，於2008年脫離中時集團非屬旺中，以「尊重智慧與創意的文化事業」為信念